玉蘭花王國

閱讀體驗大冒險

廖文毅・著
雪夜松露・繪

序

這是一本專門為閱讀而創作的故事書，十篇故事，十本書，十段冒險旅程，讓閱讀世界充滿生命力。其中為故事主軸穿針引線的，就是記憶裡外婆家古樸三合院外圍樹林裡的「玉蘭花老樹」，潔白似玉的花朵，馥郁芬芳的氣味，是許多人小時候的回憶，也是本書故事的發源地，彷彿在訴說許多發生在古早年代的那些人、那些事。

很早就興起創作有關「玉蘭花」的故事，歲月慢慢流逝，國小資深教師、閱讀推廣老師、兒童文學作家，不管是什麼身分，喜歡寫故事、分享故事的心，始終不變，於是興起以童話故事為基底，撒上點鄉土調味的想法，期盼讓閱讀變得更具挑戰，也更富韻味。

隨著都市化興起，愈來愈少看到三合院，也愈來愈少聞到玉蘭花香，經常匆匆一瞥，天橋下、大道旁，車水馬龍，有老爺爺、老奶奶穿梭在車陣裡，販售一串串玉蘭花；或在神聖的佛寺前，虔誠禮拜、鮮花供佛，景象依然熱絡，卻少了些原始的心靈悸動。人與花的關係變淡了，人與人的關係也變得疏離，唯一不變的，是對故鄉的那份記憶，還有對閱讀的那份喜悅，依然源源不絕的散發著濃郁芳香。

謹將此書獻給喜歡緬懷童年記憶（三合院、玉蘭花），或是喜歡享受閱讀樂趣（童話世界、冒險故事）的你，不管你今年幾歲、住在哪裡、有什麼興趣，只要翻開故事頁面，就能進入栩栩如生的童話故事裡。

故事有別於以往，這次找來愛畫畫的雪夜松露（筆名）操刀，用她的生花妙筆，幫忙製作精美圖畫，讓平面文字立體化，希望能和讀者共同用想像構築這個奇妙的書中世界。

目次

主要人物介紹

葉超

小學五年級生，是個熱情、有活力，而且充滿想像力的小男孩。最喜歡騎腳踏車四處閒逛；最討厭課內學習，尤其是星期六早上圖書館的閱讀課。

賣玉蘭花的老婆婆

一襲花布做的衣裳，頭戴花瓣編織的帽子，配上貼鼻的花布口罩，全身上下都綴滿花的元素；遠遠望去，像極了葉超過世已久的外婆。

閱讀老師

資深的國文退休女老師，戴了副厚實的黑框眼鏡，喜歡把頭髮盤在頭上固定成髮髻，以教學認真、嚴厲出名。

白鴿比奇

一隻被魔法控制的黑色烏鴉，也是邪惡皇后派來幫助葉超的間諜，背後卻有一段令人心酸的故事。

小波

葉超家裡養的小狗，全身長滿白毛，耳朵大大的，左眼有個黑眼圈，在童話世界裡化身為英勇的小男孩，保護主人一起冒險。

卡斯

玉蘭花王國的長期代理國王，勤政愛民、深受百姓擁戴，一直在等待真正的國王到來。

米雅公主

代理國王卡斯的妹妹，是位長相甜美、打扮俏麗的小公主，美得像朵初綻的波斯菊。

玉蘭花皇后

體態優雅，美得像朵嬌豔的玉蘭花，潔白純淨而氣味芬芳，是同時擁有魔法與野心的皇后。

玉蘭花配件的神奇力量

項鍊 戴上之後，就可以自由穿越時空。

背包 把書中的花朵放進背包裡，就可以換取到神奇的玉蘭花配件。

戒指 輕輕摩擦戒面，就能夠召換傳說中的神獸。

皮帶 束在腰部，就可以讓使用者飄浮在半空中。

手錶 戴上之後，就能夠用來控制時間。

披風 披上之後，就可以完全隱形。

權杖 使勁一揮，就能夠暫時擊昏敵人。

手鍊 拋出之後，會化作一束光圈，將人死死捆綁。

靴子 穿上之後，就可以自由行走在水面上。

皇冠 戴上以後，會發出耀眼金光，變身成最尊貴的國王。

十大神奇花朵

玫瑰花　在《詩意森林》裡，具有「聽懂詩句能力」的神奇花朵。

喇叭花　在《美音小鎮》裡，具有「聽懂歌曲能力」的神奇花朵。

玉蘭花　在《幻影王國》裡，是「既虛幻又真實」的神奇花朵。

蒲公英花　在《風速谷》裡，具有「空中飄浮能力」的神奇花朵。

機器花　在《鐘塔》裡，具有「控制時間能力」的神奇花朵。

仙人掌花　在《幽靈沙漠》裡，具有「隱形能力」的神奇花朵。

紫藤花　在《倒立國》裡，具有「倒立能力」的神奇花朵。

石頭花　在《世界盡頭》裡，具有「變身石頭巨人能力」的神奇花朵。

金色水蓮花　在《水世界》裡，具有「變身人類能力」的神奇花朵。

國王的皇冠花　在《玉蘭花王國》裡，具有「變身國王能力」的神奇花朵。

一、詩意森林

微風徐徐吹過飄滿香味的花叢，花兒們頻頻含笑點頭，彷彿沉醉在悅耳的晨歌中……

剛升上五年級的葉超騎著腳踏車，靜悄悄的滑入公園，胎痕處刮起厚重的泥沙，一如他此刻沉重的心情，鄉立圖書館的課後「閱讀課」，為何總選在美好得讓人只想慵懶放假的星期六呢？

一股濃郁的香氣撲鼻而來，葉超被深深吸引，精神不禁為之振奮，靈敏得像警犬的鼻子立刻發揮作用，他循著香氣辨別出方位，在大樹的餘蔭下找到了一位賣玉蘭花的老婆婆。

老婆婆穿著花布做的衣裳，頭戴著花瓣編織的帽子，以及貼鼻的花布口罩，全身上下都綴滿花的元素，遠遠看去像極了葉超過世已久的外婆。

依稀記得外婆家的三合院後面有一大片樹林，樹林裡種了一棵玉蘭花老樹，樹身高大、枝葉茂盛，開出一朵朵如玉般潔白的花朵，散發出淡淡的幽香，葉超還曾經爬到樹上去摘花，也幫外婆賣過玉蘭花。玉蘭花從小就是他最鍾愛的朋友，透過嗅覺的記憶，時光彷彿又回到從前……

「小超，幫外婆把玉蘭花收好，待會兒拿去附近的公園賣！」

「外婆，賣玉蘭花好麻煩，要先摘下花苞，然後擦拭乾淨再分裝，或是弄成一串一串的，挺累人呢！」

「不累不累，只要看到買花的人臉上堆滿笑容，再辛苦都不累。小超，外婆考考你，你知道什麼是『吃果子，拜樹頭』嗎？」

「當然知道，閩南語老師有教，就是要我們『感恩、不忘本』。」

「小超好聰明，沒錯，其實玉蘭花就像我們吃的白米飯一樣，都是農夫辛苦照顧出來的成果，我們都要心存感激呢！」

「外婆，那這麼多玉蘭花，要賣給誰呀？」

「賣給有緣人啊，可以放在家裡聞香味，也能掛在車上當裝飾品，或是拜拜時供養佛菩薩，都很棒呢！」

「噢！原來如此……」

「小朋友，你是不是有心事？」

「沒有啦，外……啊！」

葉超差點回答「外婆」，突然想起外婆已經過世多年，眼前的老婆婆只是外表有幾分神似，並不是自己的外婆，這讓葉超心中劃過一抹淡淡的憂傷。

「沒關係，有人叫我老婆婆，有人叫我老奶奶，也有人叫我外婆呢！那你要不要買玉蘭花？一串只要十元哦！」

「我……算了！」

葉超本來想說「我要」，卻發現身上僅有今天的午餐費五十元。

「小朋友，錢不夠沒有關係，阿婆可以免費送你一串呢！」老婆婆瞇起皺得不能再皺的眼皮，好像看透了葉超的心。

「咦？免費的……」葉超懷疑自己的耳朵。

「那你是要一串短暫的真實，還是一串永恆的虛假？」老婆婆慈祥的提問。

「啊?! **短暫的真實**或**永恆的虛假**？」葉超聽得一頭霧水。

「短暫的真實就是真正的花朵，但是三到五天過後就會枯萎；永恆的虛假就像這個……永不凋謝！」

老婆婆提起手上的玉蘭花項鍊，精巧美妙的雕工在陽光下熠熠生輝，簡直跟真的花朵一模一樣，而且還散發出淡淡的幽香。

看到葉超瞪著銅鈴般的一雙大眼，連眨都捨不得眨一下，老婆婆露出了會心的微笑：「如果媽媽交待過不可以隨便拿陌生人的東西，那你可以拿東西來交換呀？」

「啊？拿東西交換？好是好，但是要用什麼東西交換呢？」

「用故事書裡的真花來交換啊！」

「故事書裡的真花？阿婆，您真愛開玩笑，故事書裡的花都是假的呀！」

老婆婆笑而不答，故意岔開話題：「小朋友，這樣好了，如果你真的喜歡，這條項鍊就借給你一天，只要你找得到故事書裡的真花，我就把這條項鍊送給你；如果找不到的話，明天再還給我也不遲，你說好不好？」

「好，好，好，如果我找到阿婆要的東西，一定帶來給您，這條項鍊先借給我囉！拜拜……」

葉超既興奮又小心翼翼的從老婆婆手裡將玉蘭花項鍊接過來，直接往脖子「呼嚕」一套，哇！簡直酷斃了，待會兒一定讓死黨阿呆、小傻他們羨慕死了！

「再見了，外——阿婆……」

葉超一時興奮過頭，差點又將賣玉蘭花的「阿婆」叫成「外婆」，慶幸自己反應夠快，及時「轉話」成功。

接著，他立刻轉身化為一陣風，飛也似的趕到圖書館，雖然疾如閃電，可惜上課鐘聲不等人，還是遲到了！還好沒挨老師的罵。葉超心想：今天真是我的「lucky day（幸運日）」！

閱讀老師是位資深的國文退休女老師，戴了副厚實的黑框眼鏡，喜歡把頭髮盤在頭上固定成髮髻，以教學認真、嚴厲出名。

葉超趁老師還沒注意到他之前，便悄悄滑入座位，趕快端起手邊故事書，「詩意森林」四個斗大的字出現眼簾，隨著眼皮愈來愈沉重，國字竟然一個接著一個翩然起舞……

「是誰？用重重的臀部壓住我細細的手臂！」

「不美，不美，你應該說：『是誰？用沉沉的巨臀，壓住我柔柔的玉臂！』才對。」

「才不是呢！我覺得好詩要寫作真實，不能光講求詞藻華麗。」

「不對，不對，有美麗的詞藻，才能發揮詩意的境界！」

「啊？對不起，我的屁股壓到人了！」

「錯，錯，連續錯！第一，**屁股**這個字眼太粗俗，一點美感也沒有；第二，我們又不是**人**，不能說壓到人。」

「對，對，哪裡來的冒失鬼，連作詩的基本常識都不懂！」

「對嘛，要先學會**作好詩**，才有辦法**說好話**！」

「對不起，請問這裡是……哪裡？」

「我覺得詩要……」「我覺得詩要……」

葉超發覺眼前這兩位正在爭論詩的「人」，其實是兩隻糞金龜，頭下腳上踩著糞球，對詩的不同見解又抬起槓來，根本沒時間理會他。葉超心想，既然這裡問不到答案，那就改問別「人」好了。

緩緩走了幾步，他突然聽到前方響起一陣吵雜的音樂聲，接著傳來了尖銳的歌聲與不和諧的伴奏。

垂落的細長香蕉葉舞臺上，有一隻蟋蟀正沉醉在自己的歌聲裡，兩隻蚱蜢優雅拉著小提琴，三隻蟬奮力打鼓，最後有一隻百手蜈蚣正手忙腳亂彈著鋼琴。

「哇，美妙的音樂，彷彿春天的微風，親吻著嬌嫩的綠地。」

「噢，動人的歌聲，彷彿諸神的天籟，撫慰著饑渴的心靈。」

「請問一下，這裡是哪裡呢？」

「**這裡**是充滿詩意的森林，人們快樂而知足……」

「**哪裡**是我的故鄉？思念親人把情傷……」

葉超差點把頭髮抓下一大把，怎麼這裡的人滿嘴都是他聽不懂的詩句。由於現場的聲音實在太過刺耳，葉超只好摀住耳朵趕緊逃離。

東逛逛，西瞧瞧，遙望前方大樹的綠蔭下，好像有人正在賣力上課，一位美麗的瓢蟲女老師正擺出優雅的姿勢，教小瓢蟲們熱情起舞。

「快樂的節奏，快樂的舞步，快樂的舞出輕盈的腳步。」瓢蟲女老師笑容可掬的說。

「輕巧的拉手，輕巧的轉圈，輕巧的轉出美麗的小圈圈。」小瓢蟲們快樂的回答。

「詩意的森林，充滿……嗯……美麗的花朵，在……在……」葉超支支吾吾，試著用詩句尋問到底身在何處。

「詩意的森林，充滿詩意的芬芳；美麗的花朵，就在不遠的前方。」

瓢蟲女老師親切的幫葉超回答，讓他彷彿在黑夜中發現燭光。不知為何，葉超心裡老惦記著：「只要找到花，就可以回家」。

果不其然，前方不遠的轉角處有排花朵形狀的房屋，最後一間屋子旁那塊不起眼的小空地裡，一朵又大又紅的玫瑰花綻放出嬌豔欲滴的迷人色彩。

興奮的葉超用生平最快的速度奔跑過去，心中依然唸唸有詞：「只要找到花，就可以回家。」他不自主伸出右手，想把花朵直接摘下；葉超的手剛伸過去，手指甚至都還沒碰到花瓣，就被一枝帶刺的玫瑰莖刺傷了！

「唉呀，好痛！」

葉超吸吮著疼痛的傷口，想要換左手再摘一次，另一枝帶刺的莖彷彿有了生命一般，又擋了過來，嚇得葉超趕緊縮手，心臟差點從嘴裡跳出來！

他這才注意到小花圃的側面立了塊牌子，上面寫著：「上句：詩意的森林，充滿著詩意，不是睡意。」旁邊又立了塊牌子，寫著：「下句：————。」

「原來如此，想摘下花朵，得先通過『對詩測驗』。好，我來對對看。」

葉超心裡寬舒不少，終於有了方向。他抖了抖身上的衣服，深吸一口氣振奮精神，準備面對挑戰！

「這上句是『詩意的森林，充滿著詩意，不是睡意。』那我下句就對……玫瑰花很美麗——對了！美麗的花朵，充滿……充滿著美麗，不是……不是……不是妒嫉！」葉超想到把「嫉妒」改成「妒嫉」，就有押韻了。

玫瑰花帶刺的莖似乎聽得懂葉超的話，慢慢垂下枝條，葉超又雀躍又小心的摘下花朵，突然聽到有人在他耳朵旁邊大聲說話：

「詩意的森林，充滿著詩意，不是睡意。」閱讀老師不知道什麼時候來到葉超的身邊，雙眼好像要迸出火花，她伸手用力敲著桌角，說出了含有詩意的「諷刺話」。

「美麗的花朵，充滿著美麗，不是妒嫉。」驚醒的葉超脫口而出。

葉超揉了揉眼睛，發覺自己剛才好像在做夢，看到閱讀老師指著他看的書名《詩意森林》，黑框眼鏡竟然射出亮眼光芒，對他大加讚賞：「好，好，好，這時代竟然還有人會『對詩』，孺子可教也！孺子可教也！」

葉超發覺閱讀老師好像在稱讚自己，頓時覺得有點心虛，嘴角掛著那「皮笑肉不笑」的招牌表情，頭卻愈垂愈低；突然右手食指隱隱作痛，兩眼對焦仔細一看，竟然有個紅點狀的小傷口，忽然想起什麼，全身像觸電般震了一下！

趁閱讀老師還沉醉在讚揚學生的愉悅光芒裡，葉超偷偷再往下一瞄，抽屜裡果然橫放一朵嬌豔的紅色玫瑰花，鮮麗的花瓣隱隱透出白光，彷彿充滿了生命力；再翻看書本裡一頁頁的景象，就跟自己剛才的夢境一模一樣！

葉超驚魂未定的隨手翻到《詩意森林》的最後一頁，發現屋子角落的空地裡，出現了一株只有花莖、沒有花朵的玫瑰，嚇得趕緊闔上書本；他的腦筋一片空白，眼皮不規則跳動，心臟如打鼓般「咚咚」作響！

隔天，葉超依約前去圖書館旁邊的空地。玉蘭花婆婆站在大樹的餘蔭下，即便隔著口罩也依舊能感受到她慈祥的笑容，好似一切都在她的預料之中，靜靜等待葉超的到來。

老婆婆笑容滿面的收下花朵，並稱許葉超是位勇敢的小孩，已經是這條項鍊的主人了，日後只要再將從故事書裡找到的「真花」拿來給她，就可以換到其他等值的小禮物喔！

葉超看著日光下閃爍著熠熠光芒的「玉蘭花項鍊」，充滿無限的美麗與神祕，早就將不可思議的冒險歷程拋到九霄雲外，開心的騎著腳踏車，興高采烈的一路狂奔回家。

二、美音小鎮

星期六的朝陽笑得特別香甜，吻醒猶在打著瞌睡的沉悶大地。掛在綠草葉梢的小巧露珠，顆顆晶瑩剔透，隨著陽光的腳步閃爍輝煌，彷彿千萬顆鑽石掛燈，鑲嵌在綠綠的地毯上。

葉超騎著心愛的腳踏車，心裡雖然千萬個不願意，還是再度搭上閱讀列車，公園旁的圖書館就是他的起點站。

圖書館熟悉的鐘聲響起，閱讀老師今天穿得相當正式，是一件連身的大紅旗袍，連講話的口氣也很古典優雅，本以為開場又是一番長篇大論，然而閱讀老師卻反常的惜字如金，只簡略說了幾句。

「各位同學早安，今天我們所要閱讀的主題是『音樂之旅』，任何有關音樂的書籍都可以看，俗語說『貧者因書而富，富者因書而貴』，請大家好好把握晨光，認真閱讀喔！」

「『貧者因書而富，富者因書而貴』？好像蠻有道理的，不過我葉超應該是『葉超者因書而有玉蘭花寶貝』！」葉超內心竊喜，但對於選書卻一片茫然。

「該選什麼書呢？」

高峻如山的圖書架裝滿成千上萬本圖書，一座又一座，一層又一層，連綿不絕，彷彿拔地而起、直入雲霄的山峰，只有神仙才上得去；葉超看得眼花撩亂、頭昏腦脹，一時難以抉擇。

「嗯，有關音樂的偉人傳記文字一大堆，太過無聊，看了就想睡覺，還是附有插圖的比較有趣。好，我就選這本圖片比較多的繪本吧！」

葉超無意識的將手探進那一大片汪洋書海，手指頭竟然自動指向一本叫《美音小鎮》的故事繪本。

葉超有些訝異，心裡愣了一下，這到底是「我選書」？還是「書選我」？管不了那麼多了，反正是閱讀老師交待的任務，隨便交差就好。

葉超看看書的封面，覺得畫得真好；翻開第一頁，正想好好用心咀嚼，但誰說字多瞌睡蟲才會光臨，昨天晚上明明很早就上床睡覺了，手指頭只輕輕碰觸戴在脖子上的玉蘭花項鍊，瞌睡蟲照樣啃起書本來……

「奇怪，這是哪裡？我為什麼又跑到一個陌生的地方？」

葉超走在滿眼鮮綠的森林盡頭，看到前方坐落著一排排整齊的香菇形房屋，像一支支巨大的洋傘，井然有序的插在平坦的地面上；寬闊的街道上和潔淨的庭院裡，都綴滿了一顆顆可愛度破表的昆蟲型小街燈。

葉超發現前面走過一位小男孩，面目清秀、舉止優雅，立刻趨前問路。

小男孩瞪著大大的眼睛，面帶微笑，對著葉超緩緩拉起小提琴，美妙的音符跳躍在葉超的耳朵裡，無比舒暢。

但是他一拉完小提琴，禮貌性的向他點點頭以後，彷彿舞臺劇表演謝幕一般，就頭也不回往前走了。

葉超看得一頭霧水！

不一會兒，又發現另一位小女孩迎面走過來，她面貌秀麗、衣著高雅，葉超又以同樣的方法問路。

小女孩也是瞪著一雙水汪汪的大眼睛，美麗的臉龐流露出一股親切的笑意，認真的對著葉超吹奏手中樂音柔美清澈的長笛，曲調款款動聽，讓人欲罷不能。

但她吹奏完以後，也是禮貌性的拉拉裙擺，又二話不說的走了。

葉超還是看得一頭霧水！

基於好奇心，葉超緊緊跟在他們身後，不一會兒便來到公園前的小廣場。

這是一座鄰近住宅區的小公園，有一位身穿正式禮服的指揮家，站在低低的舞臺上，衣角在微風中飛揚，自信在臉上綻放，雙手在空中擺出無比優雅的姿勢，面對公園前空蕩蕩的廣場，賣力的指揮即興的曲目。

這時小提琴男孩加入，跟著指揮家的節奏拉出悠揚的琴音；而長笛女孩也隨後跟了進來，手中長笛飄揚的不再是簡單的音符，而是充滿生命律動的小精靈。

沒有邀約，也聽不到任何對話，廣場上的人愈聚愈多：中提琴、大提琴、低音提琴三兄弟陸續加入；豎琴太太也盛裝打扮前來湊熱鬧；薩克斯風先生穿著最花俏，音色也最豔麗；法國號小姐用柔和圓潤的曲調滋潤大地；鋼琴青年也試著用夢幻的音節撫慰人心。

人群雖然愈來愈多，卻絲毫沒有半點雜音，純淨而優美的音樂化身成千萬隻翩翩彩蝶，在萬紫千紅的國度裡追逐歡笑。

葉超如痴如醉的聆聽，這美妙的音樂和現代世界上最著名的交響樂團相比，絲毫不遜色，真的太美……太美了……

節奏樂器突然齊奏，驚醒迷醉於音樂國度的葉超，忽然想起今天好像有什麼任務，於是邁開不情願的步伐，朝小鎮的大廣場走去。

大廣場上熱鬧極了，中央高高的演說臺旁圍了一大群人，臺上的演說家慷慨激昂，臺下的聽眾熱情洋溢。只不過臺上賣力說的並不是「話」，而是小喇叭所發出的澎湃聲；而臺下回應的也不是「語」，而是每個人手上的樂器聲。

沒有鏗鏘的語言，只有潺潺的樂音，雖然悅耳，葉超卻是愈聽心裡愈急，心裡莫名惦記著，如果問不到路，自己該怎麼回家呢？

於是他只好硬著頭皮，再次向路人尋問。

路人同樣禮貌性的回以葉超聽不懂的音樂。

葉超心裡悔恨不已：「誰叫我上音樂課時常常不專心，否則把我的直笛拿過來，說不定就可以問出回家的路呢！」

「小朋友，你在找人問路嗎？」

一位慈藹的老爺爺親切的拉著葉超的小手，來到一旁的洋紫荊樹下，美麗的紅花朵朵齊放，好像老爺爺溫暖關懷的心。

「老爺爺，原來你會說話，我還以為這個小鎮上的人全都是啞巴呢！」

「呵！呵！小朋友你誤會了，我們小鎮上的每個人都會說話，只是說話的方式跟一般人不同罷了，我們是用**音樂**代替**語言**，也就是用**音符**代替**字母**！」

「噢！那老爺爺，為什麼只有你會說**人話**呢？」葉超忽然想起詩意森林裡那兩隻會用**人話**爭論詩的糞金龜！不自覺笑了出來。

「呵！呵！因為全鎮上下只有老爺爺一個人完全不懂得音樂，是個『樂盲』，所以才會說『人話』呀！」老爺爺自我解嘲的說。

「這樣好了，我簡單介紹一下這座『美音小鎮』的歷史。它本來叫做『樸素小鎮』，鎮民們過著簡樸而快樂的生活，每個人都非常熱愛音樂。有一天，鎮長召集大家向上天祈禱，希望將彼此之間無味的言語，變化成喜悅的美妙音符。剛禱告完畢，神奇的事情發生了，老天爺好像聽到了鎮長的祈禱聲，突然從天空降下一朵又大又白的喇叭花，接著一道白光出現，人們的嘴形漸漸消失，說話的能力也不見了，但心靈卻得到啟發，相互之間可以用美妙的音樂聲交談，或許正是因為這樣，外人才會誤認為我們都是不會說話的『啞巴』呢！」

「可以用音樂聲互相交談？」葉超自言自語，百思不解：「老爺爺，那我可不可以去看看這朵神奇的喇叭花呢？」

「當然可以，就在街尾的仙子花園，那裡沒有守衛，你可以隨意參觀！」

「謝謝您，老爺爺！」

打聽到花的行蹤，葉超內心雀躍不已，他立刻化身一陣輕風，很快就吹到街尾的仙子花園。

果然在一個無人看管的圍籬內，找到一朵又大又白的喇叭花，花口中潺潺的流淌出宛轉純淨的樂音，美得像一塊水中的溫潤白玉。

葉超忽然想起了什麼，覺得自己出現在這裡絕非偶然，聯想到賣玉蘭花老婆婆交待的任務．以及要尋找回家的道路，葉超本能的想跨過圍籬，摘下喇叭花。

但圍籬突然像是被賦予生命，自主動了起來，尖刺擋住葉超的去向，不讓他通過。

有了上一回「玫瑰花刺傷手指」的慘痛經驗，葉超知道摘花時要有技巧，不能只靠蠻力，於是目光朝花圃四周環視，花圃旁果然立了塊牌子，上面寫著：「請哼出一首有關『花』的歌曲。」

葉超搔了搔頭，記得上次音樂課，老師有教過一首膾炙人口的〈茉莉花〉，只是上課一向不太專心的他實在「歌到用時方恨少」，現在沒什麼把握！偷偷觀察四周動靜，確定附近完全沒有人以後，才放心的輕聲哼了出來。

「好一朵……美麗的……茉莉花，芬芳……美麗……滿枝椏，又香……又白……人人誇……」

葉超哼得零零落落，但圍籬彷彿尋覓到知音，自動敞開一道迎賓窄門。

葉超高興的鑽了進去，確定沒有其他機關以後，輕輕將花朵摘了下來……

順利上完閱讀課，葉超迫不及待找到了神似自己外婆的玉蘭花婆婆，用這朵會唱歌的「喇叭花」，換到一個出乎意料的好東西——「玉蘭花背包」。

背包蓋上繡有一朵栩栩如生的玉蘭花，空氣裡還飄散出淡淡的清香。

葉超將它背在身上，玉蘭花背包彷彿有靈性一般，竟會自動調整大小，而且聽老婆婆說，只要將摘到的花朵放進背包裡，就能自動換到玉蘭花的等值周邊商品；如果有任務需要，甚至還能預支到珍奇的玉蘭花配件。真是個神奇的好寶物。

老婆婆似乎看穿葉超心中的疑惑，要葉超下星期三下午再來找她，一切謎團將會慢慢撥雲見日。

葉超爽快的答應，立刻背起勝利的玉蘭花背包，哼著勝利的〈茉莉花〉旋律，踏上凱旋的回家道路……

三、幻影王國

小學生不用上課的星期三下午，天空的雲特別亮白，公園的風特別清爽，灑在身上的陽光也特別溫暖愜意。

葉超找到賣玉蘭花的老婆婆，感覺就像遇到自己的親人一樣。

他這才發現，原來公園裡老婆婆經常站立的位置後方，竟然有一棵百年的玉蘭花老樹，這棵大樹枝繁葉茂、巍峨挺拔，像一位大巨人伸出巨掌，企圖托住整片蔚藍的天空。

突然樹上傳來「啊！啊！」兩聲清亮啼叫，一隻全身羽毛黑得發亮的烏鴉在樹上築了巢，一對炯炯有神的眼睛直盯著葉超看，猶如兩顆黑夜中閃耀光芒的星星。

「老婆婆，我可不可以請教您一個問題？」

「你是不是想知道自己為什麼只要一看到童話書，就會跑進書裡面的世界呢？」

「對呀，老婆婆好厲害，我都還沒開口就知道要問什麼！」

「老婆婆一點也不厲害，只是一位普通的老人家罷了！你要的答案，恐怕老婆婆現在沒有能力回答，你得自己去尋找。不過老婆婆倒是可以給你一個小小的提示：既然你的問題來自童話故事，或許童話世界裡就有你要的答案也說不定。」

「哦？老婆婆的意思是，叫我回到童話故事裡面的世界找尋答案囉！」

「沒錯！小朋友好聰明。」

「那……那我要選讀哪一本書呢？」

「你自己用心想一下。」

「嗯……對了，最近我換到的東西是『玉蘭花項鍊』和『玉蘭花背包』，都跟『玉蘭花』有關係，想必要到有『玉蘭花的國度』尋找，對不對？」

「呵！呵！對，對，小朋友果真聰明。」

「我知道了，謝謝老婆婆，再見！」

這個星期六的閱讀課，好像冥冥之中早已注定，葉超不需要任何指引，就直接選了一本叫〈玉蘭花王國〉的童話書。這次他下定決心，一定要全心全意投入書本的懷抱裡……

內心充滿疑問的葉超像是個好奇寶寶，對所有事物都抱持著無限的好奇心。

重新睜大雙眼，他發覺自己竟然坐在莊嚴肅穆的教堂臺階上，遠方兩片飄過的白雲對他扮鬼臉，屋頂上的十字架好像正在忘我的唱歌。

「啊！啊！容我自我介紹，我就是能夠穿梭時空的和平使者——『白鴿比奇』，啊！啊！」

有一隻全身潔白無瑕的小白鴿，雄偉昂揚的站立在葉超身旁一盞高高的路燈上，自信在眼神裡飛揚，驕傲在聲波裡綻放，彷彿是一名位高權重的國王，正雙目炯炯的對著他的子民發表演說。

「你說你叫『**白鴿**比奇』？不過從你的聲音聽起來，倒比較像烏鴉呢！」

「啊?!」

比奇聽到葉超的一番話，立刻用雙翅摀住嘴巴，賊溜溜的眼睛往自己身上來回掃視多遍，發現自己身上純白潔淨的羽毛裡找不到一絲黑點，就語帶責備的說：「沒有禮貌的小孩，我看起來明明就是白鴿，卻說我像烏鴉；『啊！啊！』只是我的口頭禪，我是怕你迷路，專程接受玉蘭花皇后的請託前來幫助你，我看我還是回去算了！」

「噢！原來你是來幫助我的，真對不起，是我失言了，請你留步。」

「哼！還好我是白鴿，我們白鴿最大的優點就是心胸寬大無比，要真的是小心眼的烏鴉，才懶得理你呢！啊！啊！」

「對不起啦，比奇，我會記住『啊！啊！』只是你的口頭禪的！」

「好吧，既然你有誠意道歉，我就原諒你這一次，下次不准再犯了。我現在要帶你去一個奇幻的地方，一切的答案都在那裡，你可要跟緊喔！」

「嗯！」

「好，現在站到我的背上吧！」比奇說完，就飛到地面，等待葉超爬上自己的背部。

「咦？可是你那麼小隻，我這麼大隻，要怎麼……」葉超猶豫不決，露出了驚訝的表情。

「老實說，你也沒有多大隻呀！啊！啊！」

比奇才說完，葉超突然發覺自己身體慢慢變小，而且變得比白鴿還小，於是他跨坐在比奇的背上，雙手緊抓著他柔軟的頸毛，好像抱著羽絨被，舒服極了，他們一起踏上尋找答案的夢幻之旅……

熙來攘往的人群穿梭在古老的街道上，商店林立，販賣的商品琳琅滿目，而熱鬧街道的盡頭就是一座瑰麗絢爛的皇宮，挺拔威武的聳立在眼前。

「比奇，這是哪裡？好熱鬧喔！」

「這裡是一百年前的玉蘭花王國。」

「奇怪？他們好像看不到我們呢！」

「因為你眼前看到的全都是過去的幻影，就像一幕幕的電影紀錄片，而我們倆都是觀眾。走，進去皇宮吧！」

比奇載著葉超，張開雪白翅膀，竟然直直穿過房屋、高牆、人群，如入無人之境，直接飛入宮殿裡。

皇宮內依然富麗堂皇，卻看到一群大臣圍著小圈圈，中間有一位體態優雅的女子，楚楚可憐的倒臥在地，美得像朵嬌豔的玉蘭花，潔白純淨而氣味芬芳，而身旁卻築起一道多刺的籬笆牆。

❀ ❀ ❀ ❀ ❀

一小段無聲對話後，眾人眼前突然閃動十道不同顏色的強烈光柱，從光柱的殘影裡依稀能看見，皇后的身影悄悄消失無蹤了……

「比奇，他們是誰？為什麼要這樣對待已經倒臥地上，模樣楚楚可憐的美麗女子呢！」

葉超只是看到影像，並沒有聽到聲音，所以「眼見為憑」，說出了打抱不平的話！

「因為勤政愛民的國王晚年喪妻，娶了一位既美麗又能幹的玉蘭花皇后，卻遭到一幫壞臣子嫉妒，以『皇后會使用魔法』為由，請來十位邪惡的花妖，故意稱呼她們為『花仙子』，合力用妖法把她趕出皇宮，並逼迫她到人類世界，最後變成一棵沒有法力的大樹，就是圖書館公園裡那棵百年的玉蘭花老樹。」

「但是可怕的事情就要發生了，那十位花妖正在計畫一項大陰謀，就是破壞童話世界的和平，讓童話世界澈底瓦解！你能想像沒有童話世界的孩子，會變成什麼樣子嗎？」

「可是……這些跟我跑到童話故事裡，有什麼關係呢？」

「關係可大呢！為了世界的和平，失去法力的玉蘭花皇后日夜操心，她左思右想後，決定派遣一位心地純潔、善良，又有勇氣的人前往童話世界，將代

表十位花妖法力的十朵花摘回來，就能換得代表玉蘭花國王的十樣配件，變身為『玉蘭花國王』，成為童話世界裡真正的主人，這樣就能收伏花妖，保護千萬子民，世界也才會恢復和平。」

「當上玉蘭花國王，成為童話世界的主人，那我不就可以去看白雪公主到底有多漂亮？七位小矮人究竟有多高？三隻小豬哪一位比較胖……」

「當然囉，只要你當上國王，不僅拯救了人類世界，整個童話世界也將歸你管轄，你愛去哪裡就去哪裡，因為你是擁有至高無上權利與地位的國王呀！」

「我是國王？」

葉超腦海裡浮現的盡是自己成為國王，身旁擁有美麗皇后，還有許多大臣環繞的幻想畫面……

「好，我答應你，雖然我不知道當國王究竟有多威風，但是為了拯救童話世界，也為了人類世界的和平著想，我願意去冒險！」

「好，好。對了，我忘了告訴你，你之所以能夠穿梭時空，就是因為你身上配戴的玉蘭花項鍊，所以千萬別弄丟喔！還有你每次出完任務，記得把摘到的花放入神奇背包，背包裡有許多你意想不到的好東西呢！而且只要你收集到十樣玉蘭花神奇配件，就能成為真正的玉蘭花國王，希望你好好努力喔！」

「最後再慎重叮嚀你一句：千萬要記得，童話世界與人類世界就像鏡子內外的兩個世界一樣，既充滿幻想，也處處是陷阱。所以除了我以外，千萬不要隨便相信別人喔！」

「嗯，我記住了！」

「那我們先試著摘取這次的任務花朵『玉蘭花』，地點就在皇宮的後花園。」

來到皇宮的後花園，舉目遠眺，竟然是一大片玉蘭花花海，樹上開滿了潔白嬌嫩的玉蘭花，宛如一座座飄滿雪花的冰山。

葉超不由自主的伸手採摘，卻一把又一把抓空，原來這些都是一百年前的不實幻影！

「這些玉蘭花看得到卻摸不著，怎麼摘？」

「我也不清楚……你看，那邊有塊牌子！」

一人一鳥同時靠了過去，頭碰頭撞在一起，同聲「唉喲」大叫出來！

他們一邊用力揉自己的頭，一邊從眼冒金星的視線裡，模模糊糊的看到招牌上面寫著：「花在心中莫遠求！」

「這是什麼意思？」

葉超不僅視線模糊，這下連腦袋也糊塗了，想了好半天毫無所獲，無意識觸摸了一下胸口佩帶的玉蘭花項鍊，竟然微微放出溫潤的白色光芒，葉超恍然大悟：「對了，它的意思不就是『遠在天邊，近在眼前』嗎？」

原來在如夢似幻的「幻影王國」裡，只有葉超胸口的「玉蘭花項鍊」，才是唯一真實與任務「玉蘭花」相契合的神奇物件。

玉蘭花項鍊散發出柔和的白色光芒，葉超隱約看到一朵飄浮在半空中的玉蘭花，他伸出手隔空將花朵順利抓了出來，掌心還留有淡淡的餘溫和香氣。他將玉蘭花細細把玩一番，心裡縱然千萬般不捨，但現在唯一能做的，也只有把它輕輕放入背包裡。一眨眼工夫，他立刻從神奇的背包裡換到一個神祕的小禮物——「玉蘭花戒指」，這讓葉超原本跌落谷底的心情馬上獲得反彈。

「戴上這個神奇的『玉蘭花戒指』，日後遇到任何困難，只要輕輕觸摸三下戒面，自然會有『神獸』出來幫助你喔！」白鴿比奇才解說完，臉上突然露出詭異的笑容，接著拍拍身上翅膀，飛入一片白茫茫的花海裡。

葉超看了看玉蘭花戒指，閃耀神秘的瑩白光芒，發現自己在不知不覺中，又回到了現實世界。

四、風速谷

「咻！！」「咻！！」

兩位頭戴飛行眼罩、護耳帽，脖繫護頸圍巾的飛行狗，架著高速流線型飛行器，同時撞進一大片白雲裡，其中一位四平八穩的繼續呼嘯而去；另一位則重心不穩，在空中翻轉幾圈後差點撞上「葉超」！

葉超嚇得大叫：「小心！」

但微弱的聲音瞬間被廣闊無比的藍天吞噬，葉超一腳踩空，發現自己竟飄浮在半空中，差點淩空掉下來。

葉超身體立刻臥倒，雙手死命抱住一顆毛絨絨的大球，雙腳也狠狠夾住一根長長的桿子，好像快要溺水的人，緊捉住身邊的救命漂浮物。

葉超先把身體固定好以後，再定下眼神來看看四周的環境，不看還好，一看立刻手腳發軟，他人就吊在半空中，身旁除了幾朵白雲相伴以外，四周竟是空蕩蕩的一片。

地面上花花綠綠的世界，全都躺臥在自己的腳底下，房子變成火柴盒，大樹變成小盆栽，就連平常遠方的大山脈，現在也變成了模型玩具組。

「救命啊！我有懼高症！」

沒等葉超驚嚇完畢，又出現了一位戴著厚厚眼鏡的飛行貓，可能是近視太深的緣故，這隻飛行貓比酒醉駕駛還危險，一路呈螺旋狀飛行，朝葉超正面直撲而來，嚇得葉超連閃避都來不及！

還好飛行貓只擦撞到腳邊桿子，卻也把他甩得老遠……老遠……，又水平連翻了好幾圈……好幾圈……，葉超嚇得臉色比十二月的雪還白，心跳比行軍的鼓聲還快！

過了好一會兒，葉超緊繃的心才漸漸恢復平靜，這時發現自己所抱的毛球，竟然是一顆大大的蒲公英種子，而先前兩位飛行狗，以及另一位飛行貓所駕駛的飛行工具，也都是蒲公英種子。

葉超飄浮在半空中，身旁不時有動物們呼嘯而過，有雞有鴨、有貓有狗，甚至還有犀牛和大象，而他們都有一個共同的特色——都是身體殘障或不良於行，卻都能輕易駕駛飛行器高速飛行，享受藍天追速的快感！

葉超還沒有時間尋找答案，突然刮起一陣強風，其他飛行員以高超的技術乘風飛翔，一下子飛得又高又遠，都變成了遠方的一顆顆小黑點。

完全不懂飛行技術的葉超下場卻截然不同，他直直往下急速墜落，頃刻間就要接近地面，嚇得他心想這回小命真的玩完了！

還好蒲公英種子可以乘風飄浮，載浮載沉一段時間以後，終於降落在一棵大樹上面，葉超雙手無力一滑，整個人用腳鉤住，倒吊在樹幹上。

「哥哥，你也是剛在學飛的飛行員嗎？」

葉超聽到有人在問他，想看清楚對方的臉，但人倒吊著，加上身體又在隨風晃動，根本看不清楚。

「是誰在跟我說話？」

「是我啦，哥哥，我是小鼴鼠地地，你先把腳勾好，等我爬到樹上幫你解圍！」

葉超從倒立的影像裡看到一隻小鼴鼠，雖然雙腳殘廢，但卻會爬樹！

小鼴鼠地地吃力的用後爪固定住身體，再用前爪一小段、一小段在樹幹上緩慢爬行，一邊爬一邊說：「媽媽平常說我們鼴鼠一族生活在地下，不准爬樹，我都不相信，今天才知道爬樹真的很危險吶！」

好不容易才把葉超從高處救了下來，一人一鼠都精疲力盡，癱軟在樹下草地。葉超先向他道謝，並尋問這個神奇國度的事情。

「原來哥哥是外地來的，難怪不瞭解我們這裡的規矩。我們這裡本來叫『殘障谷』，是由一群身體殘障的動物們組成。有些是被人類家庭遺棄，有些是被動物園淘汰，有些甚至因為無法再替馬戲團賺錢而被拋棄，總之都是一群可憐又沒人要的動物，群居在這個可憐的山谷裡。

有一天，我們的抱怨聲被花仙子聽到了，於是她賜給我們一朵蒲公英花，每年在它花期結束，結成種子的時候，就是我們開始飛行的季節。我們把蒲公英種子當成飛行工具，利用風力乘風翱翔，於是這裡就改叫『風速谷』了。」

「原來如此，那地地，你為什麼不跟隨大家一起飛行呢？」

小鼴鼠地地突然紅著眼眶說：「我們原本每人都有一臺飛行器，但是你也知道，蒲公英種子並不堅固，而且在高速飛行下也容易損壞，所以大人們常常因為危險駕駛把自己的飛行器弄壞了，就搶走小孩子們的，害得我們好幾年都沒辦法參加飛行比賽呢！」

「可惡，竟然這樣欺負小孩子。地地，有機會哥哥一定替你報仇。」

「謝謝你，哥哥。可是哥哥，你會駕駛飛行器嗎？」

「啊?!這個……反正你放心，沒問題的。那比賽的獎品是什麼？」

「就是那朵飄浮在空中的蒲公英花，只要誰贏得比賽，就能獲得一年的擁有權！」

「哦，原來如此！」

等葉超漸漸適應環境以後，本來就是爬樹高手的他，三兩下子就拿回還掛在樹上晃盪的飛行器，並想到如果要為地地報仇，以及完成摘花的任務，一定要先贏得比賽才行。

葉超從背後的背包裡預支一條「玉蘭花皮帶」，上面附著的紙條寫著「飄浮」二字。葉超大呼萬歲，只要有了它，葉超就能突破限制高速飛行了。

飛行大賽當天，現場擠滿了各式各樣的飛行員，好不熱鬧！

長頸鹿裁判一聲令下，所有動物像飛箭一般同時激射出去。

今年最被看好的選手，是一隻折了單翼的鴿子，因為他天生就是飛行高手，所以最有冠軍相。

天空立刻被一群又一群密密麻麻的飛行動物填滿，不過除了葉超是小孩子以外，全都是大人的天下，而且他們為了贏得比賽不擇手段，想盡辦法要用各種卑鄙方法取得勝利。

有了飄浮皮帶，即使葉超不依賴飛行器，也不會從空中掉落下來，他像是吃了定心丸，不只膽量變大，飛行技術也跟著變好了。

此時的天空亂成一團，有貓在捉老鼠，有狗在追兔子，有大象仗著龐大的身軀橫衝直撞，如同打保齡球般將對手一一撞到九霄雲外，還有獨腳的鴨子，用單腳在天空划行，甚至有魚忘了自己身在空中，還拚命扭著身體游泳呢！

葉超在這兵荒馬亂之際，趁機將眾人一一拋到身後，最後只剩下前方的鴿子飛行員了。

葉超好不容易追上他，想一較高下，對方突然轉過頭來對著自己微笑，那張親切的臉好熟悉，不正是「白鴿比奇」嗎？

「我的演技不賴吧！接下來全靠你了，我先誤導追兵，讓他們朝反方向來追我，你趕快去摘花，然後替地地好好懲罰壞人吧！呀呼……」

由於比奇的暗中幫助，葉超在沒有競爭對手的情況下，很快就看到那朵能在空中飄浮的蒲公英花。

蒲公英花裡藏著許多種子，蓬鬆的白色冠毛絨球緊密排列，像一朵大大的白花，安靜而平穩的飄浮在半空中。

葉超駕著飛行器緩緩靠近，正想伸手去摘，但由於氣流不穩定，只要身體稍一接近，輕飄飄的蒲公英花便會立刻自動彈開，盪向遠方。

葉超試了好幾次都以失敗收場，心裡正著急，突然瞄到腰部的皮帶。

「好吧，雖然危險，但時間緊迫只好冒險一試，否則等大伙兒追上來，一切就前功盡棄了。」

葉超先慢慢飛到蒲公英花的正上方，慢慢解開皮帶上的扣環，將扣環的空隙用花蕊填滿，讓它呈現倒鉤狀。

等一切準備就緒，他瞬間抽出皮帶，身體立刻失去飄浮力，快速的直直往下墜落！

葉超踩著蒲公英種子的長柄，彷彿空中衝浪那般一路下滑，等落到蒲公英花旁邊，蒲公英花正好順著氣流又盪開一點點，葉超眼明手快，立刻拋出皮帶，將蒲公英花勾了過來，一把放入背包裡，幾乎失去平衡的同時在空中翻了幾個大跟斗，才又重新繫上皮帶。

「哇！哇！哇！真的好險喔！」

葉超搏命演出，好不容易摘到花，還來不及向地地報告喜訊，見天色已晚，就請託白鴿比奇代為轉告，一路上展露著勝利者的燦爛笑容，以身為飛行員為榮耀，火速趕回家……

五、鐘塔

星期六早上的閱讀課，因為老師臨時有事，所以改在下午上課。

一輪火紅的太陽高掛天空，燒烤大地；時令已過中秋的午後，秋老虎依然兇猛。

老師今天指定要看工具類的書籍，舉凡交通工具、日常用品、學業文具等等都包括在內。

葉超東翻西找，四處搜尋目標，奇蹟似乎又找上他的手指頭，一本奇妙的幻想童話映入眼簾──《鐘塔》。

「嗯，現在總算比較適應時空轉換了。」葉超自言自語：「對了，我先來試驗這個神奇的戒指，看看它到底會召喚出什麼令人期待的『聖獸』來吧！」

葉超滿心歡喜的摩擦那閃爍著神祕亮光的「玉蘭花戒指」，搓了又搓、磨了又磨，戒面變得更加光滑明亮，彷彿能照出自己的容貌；然而卻什麼事情也沒發生。

「奇怪，是不是搓的方法不對？」

「笨蛋，輕輕摸三下就可以了，搓這麼久，不怕搓破戒面嗎？啊！啊！」

「噢，這聲音聽起來好熟悉……是比奇！太好了，很高興見到你，比奇，你快告訴我怎麼呼叫『聖獸』？」

「這個嘛……聖獸喔……現在不就出現在你的面前了嗎？」

「我面前？沒有啊！」葉超東張西望，四處搜尋，連比奇的背後陰影也不放過。

「少瞧不起人了，難道你看不出來，我就是鼎鼎大名的──『聖獸比奇』嗎？」

「啊?!原來聖獸就是……比奇！」

「太過分了，午休時間把我找來，還盡說些風涼話，我要回去了！」

「啊?!對不起，我只是……只是真的太意外了！」

「哼！還好我現在是心胸寬大的白鴿，不跟你計較。你找我來有什麼事？」

「我想問你這次的任務是什麼？」

「嗯，這種虛心求教的態度就對了，讓知識淵博的比奇來告訴你吧！我們來的這個地方叫做『鐘塔』，是一個傳說可以長生不老的好地方，任務是要摘下一朵永不凋謝的花──那朵花就在塔頂──而你的背包裡將有一個『玉蘭花手錶』，有控制時間的特殊能力，我知道的就這些了。總之，我先回去睡個美容覺，待會兒再回來找你，祝你好運囉，拜拜！」比奇才說完，一眨眼的工夫就消失不見了。

「怎麼這樣，丟下我一個人就走了。算了，反正戒指在我手上，有問題隨時呼叫你過來。」

葉超在矮樹叢裡穿梭，拐了幾個小彎，才走沒幾步，剛出樹叢就被眼前的景物嚇呆了！

前方出現一大片空地，上面盡是一些機器人的破碎零件，堆得跟山一樣高，好像一座巨型的「機器人墳場」。

墳場正前方，聳立著一座看不見頂端的巨型高塔，塔身直入雲霄，彷彿一根支撐天地的大柱子。

葉超慢慢靠過去，發覺塔身竟然在緩緩轉動，起初他以為是自己眼花，等眼睛適應光線以後，再靠近仔細觀察，原來塔身外圍有螺旋狀階梯，正以極緩慢的速度往上升，最後沒入雲端。

門口有兩位長相怪異的機器衛兵把守，葉超想到班上有一本成語故事書，上面有一妙招叫做「聲東擊西」，於是撿了一顆小石頭，朝反方向用力一扔，引開查探的衛兵後，趁機溜了進去。

葉超踏上塔外的電梯，感覺好像百貨公司的手扶梯一樣，不過想要搭到看不見盡頭的塔頂，可能會很久……很久……很久…………

「哇！媽媽，妳不能死，妳不能丟下小伍一個人呀！」

「小伍，你要堅強點，媽媽老了，已經不行了，以後你要好好照顧自己喔！過來一點，再讓媽媽看看你的臉龐好嗎？」

「我不要，我要媽媽！」

「怎麼了，小弟弟？」

葉超發現十樓高的塔內有人痛哭失聲，好奇的推門走了進去。

「哥哥，我媽媽快死了！」

葉超望著地上躺著兩個破舊不堪的機器人母子，全身上下好像拼裝車一樣，東拼一片，西補一塊，隨時都有解體的可能。

「小朋友，你叫什麼名字？今年幾歲？」

「伯母，我叫葉超，今天剛滿十歲。」

「葉超小弟弟，伯母快不行了，可不可以拜託你一件事？」

「伯母，有什麼事請說，只要我做得到，就一定會盡全力幫忙。」

「替我照顧小伍，好不好？」

小伍的母親用盡人生最後一絲力氣，伸出外表冰冷，卻充滿溫暖母愛的雙手，緊緊握著葉超的小手，還沒等葉超回答就嚥了氣。

「媽媽……嗚嗚……」

「伯母，妳放心，我答應妳！」

小伍抽泣幾下，就堅強的站了起來，對葉超說：「哥哥，幫我一起把媽媽埋葬到機器人墳場好嗎？」

「嗯！」

等兩人好不容易埋葬好小伍的媽媽，小伍落寞的面對葉超。

「哥哥，你猜我今年幾歲？」

「你？是小機器人，年紀應該比我還小吧！」

小伍看起來算是個小型的機器人，長相雖然可愛討喜，卻十分破舊，好像一位充滿老人皺紋的小孩，實在猜不出實際年齡。

「哥哥一定不相信，我今年已經一百五十歲了；而死去的媽媽，也快要兩百歲了！」

「啊?!」葉超忽然想起比奇的話，這裡的人果真都很長壽。

「哥哥，你為什麼會來到這裡？」

「啊?!」被一位年紀一百五十歲的人叫哥哥，葉超開始感覺有點不自在。

「我是來摘一朵永不凋謝的花。」

「哦，原來如此，那朵花就在這座塔的最頂樓，你是上不去的！不過我可以幫你。」小伍露出一個頑皮的笑容，「但是你要答應我，讓我跟著你一起去冒險。」

「好吧，我已經答應你媽媽，要好好照顧你了。」

聽到葉超保證的話語，小伍的臉龐才略掃陰霾，心情也跟著好轉，立刻告訴葉超這座鐘塔的真正祕密。

「其實這裡的人以前都很短命，所以心中都有一個共同的夢想，就是希望能長生不老！兩百年前的某一天，大家的願望實現了，天空降下一朵永不凋謝的機器花，而我們也都變成了永恆不死的機器人！」

「噢，小伍，既然你們都不會死，那你的媽媽，還有塔下的機器人墳場，又是怎麼一回事？」

「都是那些壞人搞的鬼！原本大家都幸福的在鐘塔上生活。有一天，一些壞大人為了自己的利益，不只霸占塔頂，還獨占了機器花，甚至把我們當成奴隸使喚，要我們日夜不停的替他們製造最新、最堅固的零件，但卻只把他們用過或不要的丟給我們，你看我身上的補丁就能明白一切；機器人沒有足夠零件運作，也會不幸的死去，我媽媽和其他親戚朋友也都是這麼死去的。」

「那些壞人真是可惡！那這座塔有什麼特別的地方呢？」

「這座塔共有三座自動梯。最外層的外梯供一般居民使用，叫『時梯』，速度最慢；裡面有一個內梯叫『分梯』，速度是時梯的六十倍，供管理人員使用；最內層的叫『秒梯』，是一座高科技的升降梯，速度又是分梯的六十倍，專供壞頭目使用。哥哥若想上到塔頂，搭乘時梯可能要花上好幾天；如果坐分梯也要幾小時；坐上秒梯就只要幾分鐘就可以了。」

「可是有衛兵把守，該怎麼辦才好呢？」

「哥哥放心，我有密道！」

葉超跟著小伍鑽入一處鮮為人知的密道，他們搭上最快速的「秒梯」，果然像坐雲霄飛車一樣，很快就到達塔頂。

「什麼人？竟敢闖入塔頂禁區！衛兵們，快把他們捉起來！」

「糟糕，被發現了！」

「哥哥，我來纏住衛兵，你從前面的樓梯上去塔頂，快走！」

「可是……」

「快點，沒時間了！」

「小伍你等著，哥哥待會兒再來救你！」

小伍抱著復仇的決心，朝敵人怒目而視，像一顆燃燒的火球，慢慢朝前面逼近，嚇得衛兵們不敢靠近。

葉超趁著空檔，以最快的速度，幾個箭步便衝上最頂樓。

看見房間的正中央櫥櫃，有一朵光彩絢麗的「機器花」，花心像人類的手錶，有時針、分針與秒針三支轉針，順著時鐘不停旋轉，分別掌控三座自動梯；而花瓣則鑲滿了鑽石，依著燈光慢速旋轉，熠熠發亮，漂亮極了！

當葉超靠近時，被守衛的士兵發現，敵人立刻像螞蟻般從四面八方湧入。

危急間，葉超忽然想到執行這次任務的法寶，立刻從背包中取出「玉蘭花手錶」，戴上後胡亂操作一通，突然發現對面的士兵明明是朝自己的方向跑來，腳步卻不斷往後倒退！

葉超恍然大悟，這是一個可以強迫別人「時光倒流」的珍奇法寶。

「哼，這下子看你們能拿我怎樣！」擺脫煩人的衛兵，面對這朵怪異的機器花，葉超不知道如何下手，內心琢磨著：「既然它像手錶，那一定有調整時間的旋鈕，仔細找找看，說不定可以找到線索。」

葉超順著機器花轉圈子，果然在花朵側邊找到可以調整時間的旋鈕。

葉超使盡全身力氣將它往外抽了出來，正想試調看看，卻突然聽到外面有人大叫：「旋鈕千萬不能倒轉啊！」

葉超一看是壞頭目，心想你叫我不能倒轉，我偏要轉給你看！果然一經倒轉，整朵機器花就「撲通」掉了下來。

拾起花朵的同時，整座鐘塔也突然停止了運轉，接著一陣天搖地動，「轟！轟！轟！」塔身開始塌陷，眾人拔腿開跑，葉超在慌亂之中不小心觸摸到手指上頭的戒面。

「啊！啊！是誰在召喚聖獸『白鴿比奇』呢！咦？這是哪裡？不得了了，這座塔要塌了，葉超，快逃呀！」

「不行，我要先下樓救小伍！」

葉超使盡渾身解數，一口氣衝刺下樓，他在混亂的人潮中拉起小伍的手往外跑，然而塔樓外面的自動梯全都壞了！

「怎麼辦？怎麼辦？」

「葉超，快繫上玉蘭花皮帶，從裡面跳出來！」比奇在塔的外面邊拍翅膀，邊著急的大喊。

「對喔，我差點忘了我還有這個珍奇法寶！」

葉超七手八腳胡亂繫上皮帶，雙腿往塔外用力一蹬，身體懸空，立刻飄浮到鐘塔外。

「小伍，快跳過來，哥哥會接住你！」

「不用了，哥哥，謝謝你的照顧，小伍要跟媽媽走了，再見！」

「小伍……」

小伍眼中含笑，朝葉超用力揮了揮手，一個閃身，踏進半塌陷的門內，緊接著一聲轟然巨響，伴隨著四散瀰漫的煙塵，可憐的小伍終於又回到媽媽的身邊。

葉超頻頻用手拭淚，卻仍擋不住湧泉般的淚水，滴落到小伍與媽媽團聚的未知世界……

六、幽靈沙漠

「咦?這是哪裡,怎麼這麼熱?」

葉超踩著艱困的步伐,雙腳深陷厚沙,身體熱得快要蒸發,眼前除了一片滾滾黃沙在炙熱的驕陽下閃耀金光以外,看不見絲毫綠意。葉超這才想起,自己好像選了一本名叫《幽靈沙漠》的童話書。

「今天真倒楣,才遲到一下下,從書架上隨便抽出一本書,竟然選到這種怪地方。」葉超忍不住抱怨,但他心裡明白,其實是這本書找上了他,而不是他選擇了這本書。

葉超熱得全身發燙,無意識狀態朝戒面摸了三下。

「啊!啊!是誰在呼喚我呢?哇!這是什麼鬼地方,怎麼這麼熱?燙死我了,燙死我了,我的羽毛快要著火了!」

「比奇,這裡叫『幽靈沙漠』,你能不能為我介紹一下?」

「這裡熱死了,怎麼介紹?前面有棵大枯樹,我們快點過去遮陽避熱!」

一人一鳥飛奔到枯樹下,發現樹旁有隻大型動物乾癟掉的屍骸,想必是很久以前就渴死在這裡,巨大的骷髏頭,殘缺的雙角,尤其那對空洞的眼眶,好像死神召喚迷途者的深邃雙眸。

「在幽靈沙漠摘一朵看不見的仙人掌花，就是這次的任務。」

「只有這些？」

「嗯。」

「那比奇，我可不可以問你兩個問題？」

「對，有問題就要發問，才是好學不倦的乖小孩。」

「第一，幽靈沙漠，是不是真的有幽靈？第二，看不見的仙人掌花，既然看不見，怎麼摘？」

「這個嘛……我也不清楚。」

「或許我可以回答你第一個問題，小弟弟！」

「咦?!是誰？」

黃沙遍布的枯樹下，除了比奇與葉超外，莫名多冒出一位老人家！

「呵！呵！幽靈沙漠之所以叫『幽靈沙漠』，當然是幽靈居住的地方。它就在不遠的前方，是許多旅人傳說中的鬼城，到達之前必須先通過一處非常可怕的『地獄谷』。通過膽量測試以後，就會看到一個非常富饒的沙漠綠洲，那裡有高大的椰子樹、清澈的水池，還有許多雄偉的建築物，不過，你在那裡看不見半條人影，卻可以清楚的聽到鬼魂在說話，許多去過那兒的探險家都會嚇出病來，神智不清的大喊：『有幽靈！有幽靈！』久而久之，那裡就變成杳無人跡的『幽靈沙漠』了！」

「老伯伯，你怎麼知道得那麼清楚？」

老伯伯笑而不答，卻反過來詢問葉超：

「小弟弟，你的第二個問題很有趣，你是怎麼知道那裡有一朵看不見的仙人掌花？」

「我……我只是聽說而已。」

「呵！呵！總之那裡是個不祥的地方，被詛咒過的鬼城，老伯伯勸你們還是別去……」

老伯伯說完便無聲無息的走向樹後的陰影處，葉超還想再問清楚一點，快步追到樹的背後，老伯伯竟然瞬間就消失在熱騰騰的空氣之中！

「比奇，老伯伯是不是幽靈變的，要提醒我們別再往前走。」

「詭異的老伯伯，看起來不像幽靈，行動卻像幽靈；不過你如果摘不到花，同樣回不了現實世界呀！」

「好吧，看來我們別無選擇，只好勇往直前了！」

「嗯，好孩子，有勇氣，就讓比奇陪你去吧！出發了，啊！啊！」

日落時分，金色的太陽轉為橘黃，慢慢沉入地平線，空寂的沙丘間只剩兩道孤獨的身影並肩而行。

葉超遵照比奇的吩咐「掩耳閉眼」，同時關閉耳朵與眼睛的功能，這一人一鳥快速通過恐怖無比的地獄谷，出乎意料之外，平安來到夢幻般的沙漠綠洲。

一路奔波，他們又餓又渴，幾乎要把綠洲裡美豔的花朵拔下來吞進肚子。走著走著，不遠處出現了一棵高大的樹，樹下有一塊方正的石桌，石桌上鋪著典雅的桌巾，桌巾上面竟然擺滿了溫暖的飯菜；他們一時之間找不到主人，便狼吞虎嚥的吃了起來。

飽餐一頓後，葉超和比奇舒服的躺在如傘蓋般的椰棗樹下，享受難得的悠閒時光。

「比奇，你吃飽了嗎？」葉超問。

「我想吃水果。」

「好，我去拿。」葉超好心的跑過去拿水果。

「比奇，你要的水果來了。」葉超高興的說。

「沒有啊，我又沒說要吃水果！」比奇冷冷的回答。

過了一會兒。

「葉超，你會口渴嗎？」比奇覺得剛才的口氣有些失禮，關心的問。

「我想喝牛奶。」

「好，我去拿。」比奇飛過去用腳抓起牛奶瓶。

「葉超，你要的牛奶在這裡。」比奇開心的說。

「沒有啊，我又沒說要喝牛奶！」葉超也冷冷的回答。

又過了一會兒。

「比奇，你剛剛明明說要吃水果的！」葉超氣憤的責問。

「對啊！」

「葉超，你剛剛明明也說要喝牛奶的！」比奇也氣憤的回應。

「對啊！」

「你是不是只會說『對啊』?!」

四周突然一片寂靜，似乎連風也沉沉睡去。葉超和比奇雙雙瞪大眼睛，他們面面相覷並異口同聲的大叫：「有鬼啊！」接著頭也不回，朝城外飛奔而去。

兩人慌不擇路，直接穿過地獄谷。在黯淡星光的照映下，嶙峋的地形露出了猙獰的面目，像一隻隻可怕的厲鬼，伸出利爪要將他們撕裂！同時夜風狂捲，發出淒厲的哀號，更嚇得他們雙腿發軟，一路連滾帶爬回到中午歇息的那棵大枯樹下。

「呼！好險啊，比奇，幽靈好像沒有追來！」

「咦？有點不對勁！」

「怎麼了？」

「我們在那裡吃喝一頓，幽靈卻好像只想趕走我們，而且我並沒有聞到妖怪的氣味，反而是人類的汗臭味很重哩！」

「對喲！我們白吃白喝，竟然沒想要我們的命，真奇怪！」

「噢……噢……我們今天的珍奇法寶還沒有使用，快看看是什麼？」

葉超立刻從背包裡掏出一件披風，上面繡了朵醒目的玉蘭花圖案，並附了張紙條，寫著「隱形」二字。

比奇立刻叫葉超披上披風，自己則躲在葉超的胳肢窩下，一人一鳥瞬間消失無蹤，連地上的影子也不見蹤影！

兩人相互依偎，慢慢穿越地獄谷，這才發現，原來剛才嚇人的鬼影和鬼聲，都只是山影和風聲所產生的幻覺；於是他們壯起膽子，悄悄溜入城裡，四周瞬間人聲鼎沸，似乎是城主在召集大家說話。

「各位親愛的城民，在隱形花神的庇佑下，我們又度過了一次危機，成功的把剛才那兩個白吃白喝的壞蛋趕跑，讓我們可以繼續安心的生活在這一片美好的樂土，所以我們要以最虔誠的心情，向神花致上最高的敬意！」

全城居民不分男女老幼，全都一同跪下，虔誠的朝前方高臺上一個空花盆誠心膜拜。

「比奇，那位城主不就是早上我們見到的那位老伯伯嗎？原來他是故意要嚇走我們的！而且我們只是路過，因為又餓又渴，才忍不住吃掉他們一些食物，雖然這種行為不對，但說我們是白吃白喝的『壞蛋』，也太過分了吧！」

兩人氣憤難平，決定回整他們。

隔天，葉超和比奇假裝迷了路又繞回來，果然全城人民瞬間隱形，成為一座名副其實的「空城」。

「哇！那邊那棵椰子樹好大喔，我從來沒看過那麼高大的椰子樹，我們快過去看看！」比奇故意大聲的說，等確定有許多腳步聲接近，立刻將身影沒入樹背之後，並小聲對葉超說：「快披上玉蘭花披風。」瞬間一人一鳥隱形了。

「咦？那隻鳥和那位小朋友剛才明明還在這裡，怎麼一眨眼就不見了？」

「對啊，他們又不懂隱形術！」

「人呢？在這麼多人的監視下，居然也會跟丟，真是沒用！」

眾人不約而同現出原形，為找不到葉超和比奇而懊惱不已！

他們愁眉苦臉的擠成一團。突然，有人看見前方不遠處的高牆上，有個小嬰兒不知何時竟然爬到了圍牆邊，大家見狀不禁紛紛驚慌尖叫，但那嬰兒卻仍然不知道危險，眼看小嬰兒就要直直往地面墜落，有人慌張的朝圍牆奔去、有人嚇得摀住雙眼；就在這時，不可思議的事情發生了——嬰兒突然像變魔術般，消失在眾人面前！

「這一定是惡魔懲罰我們偷了他的伎倆，想吃掉我們的孩子做為報復！」

城主帶領眾人跪倒在地，向遠方空蕩蕩的方向膜拜請罪。

「你們誤會了，我們只是看到小嬰兒快要掉下去，就順手把他抱起來而已。」葉超和比奇一邊脫掉隱形披風，一邊向大家解釋。

「對不起，要不是我們天生太膽小，也不會想嚇走你們。」

城主這才訴說「幽靈沙漠」的由來。

「我們祖先是群膽小的遊牧民族，四處逐水草而居，也四處躲避強盜，好不容易找到這處隱密又富庶的綠洲，便決定住下來；可是又怕強盜來襲，只好對著天空祈禱，希望上天能保佑我們免於恐懼。想不到奇蹟真的出現了，天空降下一朵仙人掌花，我們把它種到土裡細心栽培，發現花朵竟然會在白天隱形，到了晚上又會慢慢出現。在經過不斷實驗後，發覺人只要喝一滴花汁就能隱形一天。因此大伙兒心想，只要別人看不見我們，就可以把他們嚇走，永遠都不會有人來搔擾我們了。」

「你們這樣做太自私，強盜固然要嚇跑，但無助的旅人來到這裡，不僅得不到你們的幫助，還要被你們嚇出病來，這樣不是更不好嗎？」

「對不起，實在是因為我們太……太膽小了！」

「你們應該組織年輕人護衛城市，而不是光靠嚇人來保護自己！」

「小弟弟，你說得對，我們也因為良心不安而掙扎好久，謝謝你說出我們長久以來深埋心底的話，現在該是我們自立自強的時候了！」

「對，城主，我們支持你！」全城百姓歡欣鼓舞、大聲附和。

「謝謝你，小弟弟，你的勇敢讓我們學到教訓，我知道你想摘這朵隱形的仙人掌花，我現在代表全城居民，把它送給你！」

城主示意葉超，花就在他們膜拜的空盆裡。葉超急忙伸手去摘，手指頭卻被看不見的仙人掌刺了一下。

「對不起，這花不是這樣摘的！」

城主讓葉超和比奇各喝了一滴仙人掌花汁，在身體隱形的情況下，果然見到了那朵用肉眼看不見的沙漠奇葩，迷你的花苞白裡透紅，好似晨霧中透著嫣紅的朝霞，美麗極了！

葉超小心翼翼，輕輕巧巧的將花朵摘下，心滿意足的放入玉蘭花背包裡。

七、倒立國

「咦？這是什麼地方？我怎麼感覺頭暈暈的？」

葉超發覺自己站在巨樹群的枝幹上，廣闊的草地，在頭頂上掀起層層綠波，腳下則是一片蔚藍天空，有幾朵白雲翱遊其中。

葉超還沒搞清楚周圍狀況，轉身想四處閒逛，突然被一位小朋友迎面撞上！

「哇！好痛，是哪個沒長眼睛的冒失鬼！」

「汪汪！」

「咦？」

葉超發現對方是位長相怪異的小男孩，個頭與他相當，壯碩的身上長滿了白毛，耳朵大大的，左眼有個黑眼圈，傻傻的對他微笑，還不時吐出長長的舌頭；而更怪異的是屁股後面竟然有一根尾巴！葉超很確定自己從來沒有看過他，卻又覺得十分眼熟！

葉超露出狐疑的眼光，還來不及仔細觀察，突然聽他神色緊張的「汪汪」兩聲，接著硬拉著他的手，開始頭也不回的奔跑起來！

「喂，你要拉我去哪裡？」

「咻——！咻——！咻——！」

「衝呀……！」

「殺呀……！」

三支飛箭射穿空氣，從葉超耳邊輕輕擦過，隨後插在身旁地面上。不知何時，四周竟然冒出兩隊人馬，頓時殺聲震天，人影穿梭在飛箭如雨的樹海裡，有的手吊藤蔓，有的腳盪樹枝，他們相互攻擊，如電影般的場景活生生在葉超面前上演。

葉超不敢多看，跟著陌生的小男孩東躲西藏。小男孩趴在樹枝上東聞西嗅，還不時回頭看著葉超是否跟上。

最後，他們找到一個可以掩護半個身體的小凹洞，葉超急忙躲了進去，陌生的小男孩則站在洞口守衛，就像在保護他似的；葉超皺起眉頭，趁機仔仔細細端視他的背影。怎麼愈看愈眼熟呢？

腦海中突然靈光一閃，葉超問了一句連自己也難以置信的話：「你是小波？」

「汪汪！」小男孩高興的不停搖著尾巴！

「不會吧！」

小波是葉超家裡養的小狗，今天出門前媽媽請葉超幫忙帶小波出去蹓躂蹓躂，葉超就把他寄放在圖書館旁邊的公園裡，自己則跑到圖書館上課，心想放學再接牠回去，想不到小波竟然也來到了童話世界！

「小波！」

「汪汪！」

兩人高興的抱在一起，小波還不時舔著葉超的臉頰，這是平常小波最愛做的動作；但變成小男孩後，倒是讓葉超覺得有些尷尬！

「小波，你為什麼會跑到童話世界裡來呢？」

「汪汪！」

面對不會說話的小波，葉超不禁想到聒噪的比奇。

還來不及呼叫比奇，附近突然又殺聲四起，葉超頻頻探頭探腦，卻發現一個奇異的世界……

雙方人馬開始近身攻擊，一邊人馬直直的站在樹幹上，勇敢的殺過去；另一邊人馬則倒立站在樹幹上，也英勇的攻過來！雙方短兵相接，有時頭對頭撕殺，有時腳對腳互踏，這種奇特的打法讓葉超大開眼界。

兩方人馬長相類似，似乎是同一種族，身高都不滿一百公分，他們體形瘦弱、行動敏捷，可以在枝椏間輕盈的遊走跳躍。

葉超這才想起剛剛頭暈的感覺，原來自己也是倒立的掛在樹幹上！困惑不已的葉超決定召喚比奇。

「啊！啊！今天午覺睡得真香甜。想必又是葉超遇到困難在召喚我，每次被他召喚來總沒好事發生。啊！啊！奇怪，那是什麼東西朝我直直飛過來？」

「咻——！咻——！」

「啊！啊！救命呀！救命呀！」

比奇剛剛現身奇異世界，便看見好幾支飛箭朝他正面射來，嚇得他連忙鼓動翅膀往上飛，卻還是被箭射落了兩根羽毛；而比奇也沒時間惋惜自己失去的羽毛，因為愈上面的樹層有愈多箭矢，許多戰士紛紛中箭掉落，慌得比奇又急忙把高度往下降，不幸又被射落了三根羽毛！

「這是怎麼回事啊?!」比奇驚聲尖叫。

「這裡有倒立國的人，殺呀！」

「糟糕，被發現了，快逃！」葉超一發覺情勢不對，便立刻跳出樹洞，叫比奇與小波往倒立人的方向撤退！哪知倒立人這邊突然殺聲更大，彷彿有千軍萬馬往正立人這邊殺來，嚇得他們反過來跟著正立人一同逃命！

「呼！終於逃離險境了！」拉開一段驚險距離後，葉超等才終於鬆了口氣。

「王子，這邊有倒立國的奸細。」葉超等又被圍起來。

「咦？我剛剛在戰場上就看到你們幾個鬼鬼祟祟的，明明都是倒立走，怎麼現在又正立立走呢？」

「我們才不是什麼倒立國的奸細，我們來自另一個世界。」

王子聽完葉超的解釋，覺得驚奇不已，也將自己的遭遇訴說一遍：

「這裡本是兩個和平相處的樹精王國，半年前兩位國王因為小事發生爭執，從此反目成仇，不僅禁止雙方人民來往，後來倒立國國王為了澈底與正立國畫清界線，便在花仙子的幫助下將整個王國倒立過來，兩國之間的爭戰就此展開。

我跟倒立國公主是青梅竹馬，甚至本來還有婚約在身，如今兩國一正一反、相互敵對，讓我們吃足苦頭，無法在一起，所以便商量好，只要撤除阻隔兩國人民的高牆——也就是那朵倒立的『紫藤花』——或許可以踏出兩國和平相處的第一步，可惜試了很多次都以失敗收場。」

「倒立的『紫藤花』？」比奇大叫，原來它就是這次冒險的目標。

「既然我們的目標一致，或許可以合作。」

「那花在哪裡？」

「在倒立國的蝙蝠神殿，我知道一條密道，是我以前和公主私下見面的通道，我可以先派人從正面佯裝發動攻擊，我們再從密道偷偷溜進去。」

於是眾人重整旗鼓、再度出發。

穿過一連串蛇洞似的隱密彎道，映入眼簾的是一座外表雄偉、顏色晦暗，整個上下顛倒的詭異大宮殿。

「這次計畫太順利了，我有點擔心。」王子踏入神殿時臉色凝重。

「哈！哈！我已經等你很久了！」倒立國國王帶著公主，倒立在不遠的前方。

「啊！中計了！」

倒立國國王呼喚護衛軍，立刻將他們團團圍住。小波露出尖牙，衝到葉超面前呈現保護姿態，而比奇則兩眼溜溜的停在葉超的肩膀上。

「父王，我求求你放了他們！」公主溫柔的哀求國王。

「他們是採花賊，是敵人！來人，把他們全都活捉起來，一個也別放過！」倒立國國王下達命令。

說話間，比奇提醒葉超這次闖關的珍奇法寶。

葉超會意，立刻從背包中拿出一根刻有玉蘭花圖樣的權杖，權杖上鑲嵌的藍寶石閃耀著神祕的藍色光芒，上面附了張紙條寫著「擊昏術」。

王子對著葉超等人使了一個眼色，立刻拉滿弓，朝左右兩側的護衛軍射去；箭無虛發，一下子便射倒了好幾個人。葉超近身一看，原來他們所用的箭都不是致命的毒箭，而是只會傷人皮肉的「鬼針草箭」！

「把他們統統捉起來！」倒立國國王一聲令下，護衛軍得令，從四面八方如潮水般湧來。

王子又連續射倒許多人，葉超也端起權杖，見人就敲，權杖透出閃閃電光，立刻有幾人應聲倒地，而小波也以極快的速度撲倒不少敵軍。

倒地的人多，但湧過來的人更多，對方彷彿從螞蟻王國裡傾巢而出的蟻群，王子與葉超打到手軟，最後還是被重重包圍。

「我想到了！」比奇忽然想到一條妙計。

比奇飛到葉超肩上附耳說了幾句，等葉超會意後，比奇立刻又飛到王子肩上，也同他說了幾句，王子同樣點了點頭。

「等一下！」王子丟掉鬼針草箭，張開雙臂，高喊暫停。

「既然我無法消弭兩國之間永無止盡的爭戰……」王子說完，從葉超手上接過權杖。

「你想幹嘛，護衛軍，快保護我和公主！」倒立國國王以為正立國王子殺紅了眼，想對他不利。

「我只好『以死謝罪』！」

王子說完，在眾目睽睽下用權杖往自己頭上狠狠敲落，當場電光一閃，立刻倒地斃命！

王子死後，公主不顧父王攔阻，飛奔過去，撲倒在王子身上，眼淚像斷線的珍珠般墜落，深情款款的對王子說：「既然今生無法與你共結連理，我只好九泉之下相隨！」也執起權杖，往自己頭上用力一敲，隨王子飄然而逝。

「住手！」倒立國國王想要阻止，已然不及。

倒立國國王老淚縱橫，撫著愛女的遺體哭泣；此時正立國國王帶著大軍趕到現場，見狀也撫著愛子的遺體哭泣，白髮人送黑髮人，這景象是何等哀戚！

「神啊！我願意用全國的財寶，甚至自己的性命，來換回愛女的生命，只願她能像以前一樣，如蝴蝶般快樂自在的活著，我願意犧牲一切！」倒立國國王痛哭流涕的表示。

「我也是！」正立國國王也跟著聲淚俱下。

「其實你們也用不著付出那麼大的代價，只要兩個字就能救活他們！」比奇開口說話。

「哪兩個字？」兩位國王詢問的語氣裡帶著一絲期盼。

「和平！」

兩位國王面面相覷，望著彼此熟悉又蒼老的臉龐，久久無法言語。

「被權杖打到的人會暫時暈死過去，但十分鐘後就會自動甦醒過來！」比奇補充說明。

等眾人及王子、公主甦醒過來，現場一片轟然雷動。

「要不是我那麼固執，也不會差點失去愛女！」倒立國國王後悔的說。

「我也是！」正立國國王也後悔的說。

兩位老國王握住彼此的雙手，王子與公主也握住彼此的雙手，現場的正立國與倒立國的護衛軍和人民，全都緊緊握住彼此的雙手，就在彼此手掌間傳播陣陣暖流的同時，國王們當場宣布王子與公主的結婚喜訊！

「謝謝你們，朋友！」王子也感謝的緊握住葉超等人的雙手。

在倒立國國王的幫助下，葉超順利摘下紫藤花，倒立國也恢復原狀，兩國又重回昔日的友好與繁華……

八、世界盡頭

「這是哪裡？怎麼四周空蕩蕩的，眼前只有一條看不到盡頭的道路。」

「汪汪！」小波似乎發現了什麼。

「咦？前面好像有塊指路牌，還有箭頭符號，快過去看看！」

往「世界盡頭」，剩一公里。↑

「好吧，小波，我們快到了，加油！」葉超和小波愉快的跑起來。

過了一會兒——

「汪汪！」小波好像又發現什麼。

「咦？前面好像又有塊指路牌，也有箭頭符號，快過去看看！」

往「世界盡頭」，剩五公里。↑

「啊？怎麼會愈走愈遠呢？奇怪，是不是路牌搞錯了！」兩人喘著大氣，雙腿開始痠痛，於是決定用走的。

又過了一會兒——

「汪汪！」小波好像又發現什麼。

「唉！這次路牌不知道會怎麼寫？」

往「世界盡頭」，剩八公里。↑

「天啊！真的愈走愈遠，這到底是怎麼回事？對了，有困難的話，找比奇就對了！」

「啊！啊！既可愛又聰明的神獸比奇來了，是誰在呼叫我呢？」

「比奇，是我啦，這是哪裡？指路牌是不是壞掉了？還是有人故意搗亂？怎麼跟著箭頭符號走，卻反而愈走愈遠？」

「嗯，這裡叫做『魔幻之路』，是用來保護我們前方的目的地——『世界盡頭』；你注意看兩側的景物，其實是向前動的，當你走得慢，它就前進得慢；當你走得快，它就前進得快。所以你愈往前走，其實是愈往後退，除非你使用特殊的工具，否則永遠都到不了！」

「噢，難怪我們愈走愈遠，那怎麼辦呢？」

「葉超，別忘了，『玉蘭花皮帶』有飄浮的神奇效用，只要不『腳踏實地』，在空中探索就不會有問題了！」

「對呀，我倒忘了。那我們這次的任務是什麼呢？」

「要去『世界盡頭』摘一朵千斤重的石頭花。」

「世界真的有盡頭嗎？千斤重的石頭花有辦法摘嗎？」

「相信我，到時候你就會知道。」

「好，那我們出發了！小波，拉緊我的手，我們要起飛了！」

「咻！——」葉超繫上玉蘭花皮帶，三人一溜煙飄向空中，朝前方未知的世界騰空飛翔！

他們順利飛過了「魔幻之路」，終於來到「世界盡頭」。

看見前方矗立一大片巨大的石屋群，視野內盡是單調的土黃色，少許綠意點綴其間，顯得格外搶眼。

「口好渴，比奇，那邊好像有個小水池，我們快下去喝點水吧！」

「啊！啊！比奇也口渴了，小波，你呢？」

「汪汪！」

「好吧，小波，我們下去囉！」

葉超帶著小波緩緩降落，岩石邊一窪小水池，在柳樹的餘蔭畔，汩汩的流淌著清澈的池水。

「哇，好清涼的水喔！」

大伙兒同時將頭埋入飄著白雲倒影的清澈水池，享受沁涼的頭浴；空中忽然飄來一大片烏雲，蓋住了大半個水池，烏雲中有兩顆閃閃發光的燈泡，葉超好奇的仰頭一看，卻嚇出一身冷汗！

「嘿！嘿！兩個小人類，一隻小白鳥，嘿！嘿！」

原來蓋住葉超等人頭頂的烏雲，並不是真正的雲，而是一顆巨人的頭，兩隻眼睛在水面閃閃發光。

「救命啊！小波，比奇，快逃！」

「啊！啊！有怪物！有怪物！」

「汪汪汪！」

大伙兒拔腿沒命的跑，還不時回頭察看，但高大如山的巨人只跨一步便能抵過他們十步，一下子就被追上了。

「不要跑，陪我玩嘛，不要跑！」

「比奇，怎麼辦？若被巨人逮到準沒命！」

「快看背包裡有什麼珍奇寶物！」

「好！」

葉超立刻從背包裡掏出一條手鍊，鍊帶上繡有一朵朵小巧可愛的玉蘭花圖案，附有一張小紙條，上面寫著「捆綁術」！

「葉超，快戴上『玉蘭花手鍊』，緊握住拳頭，朝著巨人的方向用力打出去！」

葉超依照比奇的方法，戴上玉蘭花手鍊，握住拳頭，深吸一口氣，朝大巨人的方向用力揮出去，手腕立刻激射出一道光芒，光芒在空中變成一環光圈，那光圈愈變愈大、愈變愈大……自動套住巨人後，突然收縮，把大巨人攔腰捆綁起來，大巨人重心不穩，「碰」的一聲巨響，一個踉蹌跌得四腳朝天。

「呼！好險！」大伙兒總算鬆了口氣；但大巨人力大無窮，竟然掙脫束縛爬了起來，而且好像真的生氣了，朝他們以更快的速度衝過來。

「媽呀，快逃命啊！」

大伙兒跑進石屋群的巷弄內，東彎西拐、慌不擇路，好不容易才擺脫巨人的追捕。

「哇！好險！」他們躲在巨大石屋的小角落，突然感到一陣大地震，他們從地面上彈跳起來，又跌坐回地面。有幾個巨人小孩嬉鬧的從他們身邊呼嘯而過，地上揚起一大片灰塵，猶如一場沙漠風暴；忽然又「砰」的一聲巨響，有位巨人小女孩摔了一跤，正好跌在他們身邊，大大的頭撲倒在地，兩顆圓滾滾的大眼睛正瞅著他們瞧。

「是人類小孩！」

「糟糕，又被發現了，快跑！」

「等等，我沒有惡意，你們這樣亂跑很容易被發現，你們不應該來這裡的。相信我，我不會傷害你們的，快跟我走！」

聽到天真小女孩誠懇的話語，令三魂七魄嚇掉一半的他們找回一絲溫暖，決定暫時跟隨小女孩的腳步前進。

巨人小女孩把他們放在自己的肩膀上，用柔柔的髮絲罩住，並悄悄對他們說：「我叫小小，你們躲在這裡千萬別出聲，要是被發現就糟了！」

「妳好，我叫葉超，他叫小波，他叫比奇，謝謝妳願意救我們！」

「不用客氣，智慧老爺爺教我們要多關心別人、多做善事，不過其他人就不這麼想了。」

小小的肩膀比大象的背脊還高，他們好像坐在一座會移動的小山丘上面，眼前一路倒退的景象是巨人住的巨大房舍，每間房子都足足有幾十丈高，就連家門口的小水缸都跟人類世界的游泳池一樣大。

「快點，快點，拳打，腳踢，哇！輸了！真笨，把我的晚餐輸掉了，晚上你也別想吃飯！」

「哈！哈！鬥輸了吧！又贏了兩顆珍貴的大饅頭，可以吃到明天了。嗯！好吃，好吃！」

「小小，他們好像在比賽什麼，好熱鬧喔，我們快過去看看！」

「算了吧，你們不會想看的！」

「拜託嘛！」

葉超的語氣裡充滿了好奇，小小經不起他的懇求，便帶他們上前去湊熱鬧。

在人山人海的簇擁下，發現巨人們正興高采烈的在「鬥人」！

「我說過你們不會想看的！」

「唉！你們巨人是不是很恨人類？」

「這裡不是說話的地方，我們快走，待會兒再告訴你們詳情！」

回到小小的家，也是一間巨型的大石屋，設備雖然簡陋卻很溫馨。

小小把他們放在石桌上，說出了石頭巨人族的由來。

「我們本來是一群綠色的『雜草人』，外觀長得跟雜草一模一樣，柔軟、修長，生長在翠綠的草原上，靠著天生的保護色，生活倒也自由自在。不料遇到貪得無厭的人類，用農藥、除草劑等化學物品剷除雜草，改種其他作物，不僅破壞了生態環境，也使我們的族群幾乎滅亡。於是長老們決定遷徙，想找一處安全的地方過活，卻依然四處受到人類迫害，最後好不容易找到了『魔幻之路』，靠著我們輕盈的身體，在一次龍捲風的幫忙下，來到『世界盡頭』定居。」

「妳說你們是雜草人，長得像雜草一樣細細長長，可是這裡的人不是又高又壯嗎？而且為什麼會有人類出現在這裡？」

「我們天生柔弱，常受人欺負，在某次長老舉辦的法會中，大家誠心向上天祈求，天空便忽然降下一朵足足有一棟房子大的石頭花，那花朵散發出土黃色的神祕光芒，我們瞬間都變成了高大的石頭巨人。

「至於你看到的那些人類，都是一些貪心的冒險家，一聽說這裡有寶物，就乘著飛船、熱氣球過來；於是大家把他們活捉起來，並模仿人類『鬥蟋蟀』的習俗，開始『鬥人』比賽。」

小小說完，葉超等人臉色鐵青，原來這裡的石頭巨人對人類極度不友善；不過話又說回來，或許這也是人類咎由自取吧！

「你們先躲進我的小模型屋內，我有事出去一下，待會兒再帶你們去找智慧老人，他是巨人國裡最有學問的人，有任何問題都可以請教他喔。」小小說完就走了。

過了一會兒，突然有一個熟悉的聲音傳來。

「呵！好無聊喔！差點捉到小人類，真不好玩，咦？這不是小小妹妹的模型屋嗎？大大先借來玩了！」

大大不知道葉超等人就躲在裡面，提著模型屋往外就走。葉超等人嚇得想逃跑，卻已經來不及，房子突然像地震般顫動起來。

「大大，你手上拿著什麼東西？」小小回來剛好撞見。

「沒有啊！」大大把雙手背在身體後面。

「伸左手！」

「沒有啊！」大大伸出左手。

「伸右手！」

「沒有啊！」大大伸出右手。

「伸兩手！」

「沒有啊！」大大把兩手都伸出來，卻放掉了模型屋，一陣急遽下墜，把葉超等人摔出屋外。

「還說沒有，你偷拿我的東西！」小小生氣的喊道。

「哪……哪有，小人類是我先發現的！」大大看到葉超他們，不甘示弱的回擊。

「好呀，你不認錯，那我可要跟媽媽說，你昨夜把我要拿去給奶奶的蛋糕、葡萄酒偷吃了一些！」

「啊！我最好的小小妹妹，你千萬不要跟媽媽說嘛，我什麼都聽妳的。」

「好，這可是你說的，走，跟我去找智慧老爺爺。」

小小重新把葉超等人放在自己的肩膀上，再用頭髮覆蓋住。

眾人穿過幾條狹窄的巷弄，來到智慧老爺爺的家。

「老爺爺，您在家嗎？小小和大大來看您了。」

「唉！是小小呀！老爺爺受傷了，不能出去開門，請你們自己進來吧！」

小小等人趕緊進屋，發現老爺爺躺在牆邊，被倒下的石櫃壓住腳，整個人動彈不得。

小小與大大想聯手搬開石櫃，但是笨重的石櫃卻紋風不動。

「怎麼辦？老爺爺！」

「我有辦法！」

「葉超，你有什麼辦法，快說！」

「用槓桿原理！」

葉超運用自然課學到的「槓桿原理」，先在石櫃旁墊一塊小石頭，再用大棍子將它撬開，在力學原理輔助下，果然順利救出老爺爺。

「原來是小人類救了我，謝謝你！」

「不用客氣，老爺爺，不過您為什麼會受傷呢？」

「都是這個笨重身體惹的禍，以前我們還是雜草人時，雖然瘦弱，但身體卻十分輕盈；現在變成笨重的石頭巨人，不僅行動不便，連食物都快不夠吃了。」

小小和大大兩兄妹點點頭，表示贊同。

「要是沒有那朵石頭花就好了。」

「老爺爺，可不可以請教您，那朵傳說中千斤重的石頭花在哪裡？」

「噢，你也對石頭花感興趣嗎？」

葉超對老爺爺說明來意。

「嗯，看來我們的目標相同，只是它現在存放在石頭宮殿裡，而且還由巨人和猛獸把守，不容易下手呢！」

「沒關係，我們可以聯手試試！」小小興奮的說：「而且大大也會幫忙的，對不對，大大！」

「對，對，小小說得都對！」

小小帶著大大、葉超等人，悄悄來到石頭宮殿；好一座巍峨聳立的巨型宮殿，全是由堅硬的花崗岩砌成，是一座鋼鐵似的堡壘，外圍有巨人護衛，內有獅、虎、狼等兇猛動物把守，防護異常嚴密。

「我先去引開外頭的衛兵，大大你讓他們站在肩膀上避過猛獸，這樣就有機會接近石頭花！」

「好！」眾人異口同聲回答。

小小看到衛兵在打瞌睡，先用小石頭將他們喚醒，再跟他們玩起捉迷藏遊戲，成功引開了衛兵。

大大則趁機閃進內殿，兇猛的野獸立刻被驚醒，本想大肆咆哮，但看到高壯如山的大大，便不約而同的夾起尾巴逃走了。

大大順利將葉超等人放在殿內高臺上，一朵有屋子大小的花就在眼前，果然是一朵硬如磐石的石頭花，幽幽閃耀著土黃色的光芒，花瓣緩緩開闔，花蕊神奇的散發出淡淡幽香。

「比奇，這朵花簡直就像一棟石頭屋，難怪有千斤重，怎麼摘呢？」

「簡單，只要將玉蘭花背包開口對著它，口唸咒語：『進去！』就沒問題了！」

正當葉超要動手摘花時，忽見小小擺脫了護衛，與大大一起做出道別的揮手姿勢，葉超等也在揮手致謝中，順利摘到石頭花，離開這處令人難忘的巨人國度……

九、水世界

廣闊的湖面上懸浮著無數的大蓮葉，片片相接，連綿到遠遠的天邊，在夾岸的翠綠青山擁抱下，美得像幅山水畫。

「哇！這裡好漂亮喔！我們好像身在圖畫裡吶！」葉超被眼前的美景嚇呆了，不禁有感而發。

「汪！汪！」小波連叫兩聲，表示贊同。

「小波，我們來玩跳格子遊戲。」

葉超說完，立刻像小白兔般，在蓮葉間連續跳躍。

小波見狀也不甘示弱，兩人一會兒追逐，一會兒比賽，好不快活！最後同時跳到一片最大的蓮葉上，正準備休息，水裡突然冒出一大團氣泡！

「呼！呼！咳……咳……」

葉超看見水裡伸出了一隻白皙的手，像是溺水的模樣，趕緊和小波將對方拉出水面。

「咳……謝謝你們！」從水裡爬出一位美若仙子的小姑娘，年紀與葉超相仿，長相俏麗動人，但眉宇間似乎鎖著一抹憂愁。

「不用客氣！我叫葉超，他叫小波。」

「汪！汪！」

「我叫小蜜，謝謝你們伸手搭救，讓我少喝好幾口水，待會兒再向你們道謝，我可不可以先請你們幫個小忙呢？」

「幫忙？沒問題。」

「你們先幫我拿著這個珍珠盒，等我浮出水面換氣時，再幫我把手上的珍珠排進盒子裡，並在滿盒的時候告訴我，麻煩你們了！」小蜜一說完，便把盒子遞給葉超，「撲通」一聲又跳下水。

過了好一會兒，終於採滿整盒潔白無瑕的美麗珍珠。

小蜜叫葉超再等一下下，轉身離去，美麗的倩影在葉超的腦海裡泛起層層漣漪……

不一會兒，小蜜像春天的女神般翩然降臨。

「謝謝你，葉超。」

小蜜大方的拉著葉超的手，好像他們是認識許久的老朋友，漫步在圓圓的蓮葉間。

此刻時近黃昏，一輪金黃色的夕陽染紅了天邊、染紅了水面，也染紅了兩張天真無邪的臉。

就在這充滿詩情畫意的晚霞裡，兩人肩並肩踢水，彼此之間好像有說不完的話語……

「荷葉荷田田，是我濃濃的眷戀；荷葉荷圈圈，是我綿綿的依戀；荷葉荷千千，是我無盡的思念……」淒美的晚霞，迴盪在小蜜柔美的歌聲裡。

一輪夕陽正要完全沉沒湖底，小蜜突然露出驚慌的神色，來不及向葉超道別就匆匆轉身離去，留下現場一臉茫然的葉超，在漸涼的夜風中忍受孤獨……

葉超滿腦子疑問，下定決心查明真相，於是決定與小波在蓮葉上度過一夜。軟綿綿的蓮葉床躺起來和水床一樣舒服，仰望滿天星光燦爛，還有成群的流星雨飛逝，但都無法引起葉超的注目，此刻他的腦海中全是白天時小蜜活潑大方的身影，還有美妙宛轉的歌聲……

「荷葉荷田田……」

「咦？好像是小蜜的歌聲！小蜜，妳在哪裡？」

葉超從蓮葉上彈跳起來，一個重心不穩，差點掉進水裡，還好小波眼明手快拉了他一把！

葉超順著歌聲四處搜尋，但歌聲彷彿刻意與他保持距離，茫茫湖面一片黯淡，只清楚的聽到夜風踩過湖水的輕盈腳步聲。

葉超一夜輾轉難眠，小蜜在夢裡忽遠忽近，有時候遠在天邊，有時候卻觸手可及，兩人好像在玩捉迷藏一般。

第二天清晨，葉超尚在半夢半醒間，小蜜卻不知從何處蹦了出來，開心的拉著葉超的手，四處為葉超介紹湖邊美麗的景緻，彷彿完全忘了昨天的不告而別。

「今天你可不可以再幫我採集珍珠？」

「當然可以呀！」

小蜜聽到葉超爽快的答應，雀躍得像隻小鳥般，展翅飛翔在葉超的身旁，然後又「撲通」一聲跳下水。

採到中午時分，正是午餐時間，小蜜拿出一碟碟美味的蓮花大餐，吃得葉超與小波讚不絕口，小蜜羞赧的紅著臉，雙頰如黃昏的晚霞那般動人。

他們下午繼續採集珍珠，但採了老半天，仍然採不滿一整盒；隨著夕陽西沉的腳步愈發接近，小蜜的神情似乎愈加著急。

到太陽正式從水平面上消失的前一刻，小蜜帶著哀傷的神情與他們匆匆道別。

望著小蜜落寞的背影，葉超的心裡好難受，決定悄悄跟過去，看小蜜住在哪裡？是不是需要幫忙？

藉著小波優異的嗅覺能力，他們終於找到了小蜜的蹤影，不過不是在溫暖的家裡，而是孤零零的蜷縮著身子，躺在蓮葉上瑟瑟發抖。

「小蜜！」葉超立刻脫下外衣蓋住小蜜抖動的身體。

小蜜漸漸有了知覺，知道是葉超後便報以淺淺的微笑，但身體仍然不停顫抖。

等小蜜感覺身體暖和起來，逐漸恢復知覺後才開口道出原委：

「其實我並不是真正的人類，而是生長在水裡的『魚族』，原本住在這條河的上游。但是族人非常想當人類，在一次對天的祈禱會上，天空突然降下一朵金色的水蓮花，放出萬丈光芒；在金光的洗禮下，我們瞬間都變成人類，不過我們並不想完全放棄水中生活，於是在花神的庇佑下，只要黃昏時喝下水蓮花凝結的露水，就能變回魚身，所以我們就在這處風光旖旎的湖泊住了下來。

然而好景不常，幾個月前，水蓮花突然被三個壞人偷走，並將它移植到中游的夢幻湖。夢幻湖方圓遼闊，經年薄霧籠罩，是個非常容易迷路的地方，壞人不僅將水蓮花種在那裡，他們還施加了魔法，於是整座夢幻湖變成一片花海，只有他們知道水蓮花的真正位置，便用它來要脅我們。

我們雖然白天是人，本質卻還是魚，若晚上不設法變回魚身，就很容易在漫漫長夜裡失溫而死！壞人就是利用這個弱點，強迫我們採集珍珠、蓋皇宮、當僕人，來換取變身露水。附近的珍珠快採光了，昨天我就是因為採集不滿一整盒，他們不讓我換變身露水，才必須睡在這裡，忍受夜晚的酷寒！」

「可惡的壞人，竟然利用別人的弱點來滿足自己的私慾！小蜜，我要怎麼幫助妳呢？」

「只要……只要摘下金色水蓮花，花神的法力就會消失，我們也就能恢復魚身了！」

「好，我們也正好在找金色水蓮花，我可以幫助妳，不過我得先召喚聖獸出來！」葉超說完，輕輕摸了三下戒指表面。

「啊！啊！是誰這麼晚還在呼喚我。噢！原來是葉超。」

葉超將小蜜的遭遇詳細的告訴比奇。

比奇聽完也不禁感到義憤填膺，立刻叫葉超拿出此次的冒險法寶——是一雙可以在水面上行走的「玉蘭花靴子」。

葉超穿上玉蘭花靴子，輕巧無聲的走在水面上，在小蜜的導引下，想先去找壞人理論。

他們來到蓮葉湖的盡頭，看見一座白潤圓滑的宮殿，城牆、屋宇、門柱全都是用一顆顆稀世的珍珠堆砌而成，地板上鋪著五色水草葉脈織成的彩虹地毯，牆上掛有一幅幅栩栩如生的砂畫，串串貝殼風鈴在風中搖曳生姿，敲打出陣陣美妙的樂音，是一座美輪美奐的豪華宮殿。

「是誰想見三大王？噢！是小蜜，還有兩個人類、一隻白鴿；還好這裡是童話世界，要不然我們才不想見到卑鄙無恥的人類呢！好了，大爺們時間寶貴，有什麼話快說。」

一隻猴子坐王座上，大口啃著蘋果，一副趾高氣昂的樣子；左邊坐了一隻狐狸，瞅著賊溜溜的眼睛，不懷好意的瞄著比奇；右邊坐了一隻浣熊，頻頻點頭稱是，原來是在打瞌睡。他們自稱「水世界三大王」，就是小蜜口中的三個大壞蛋。

「你們怎麼可以利用魚族的弱點，要脅他們採集珍珠、做白工，不配合就不給變身露水，完全不管別人的死活呢?!這樣做太可惡了！」

「笑話，這變身露水已經是我們的，我們愛給誰就給誰，你管得著嗎？我也可以明確的告訴你，金色水蓮花就在這座皇宮的北方『夢幻湖』裡，有本事就自己去找！不過我也要提醒你，那裡已經被我們施了魔法，有許多魚族在那裡迷失方向，甚至餓死在裡面，目前為止好像還沒有人能活著出來。想送死就請便吧！哈！哈！哈！」

皇宮內突然響起一陣陣嘲笑聲，葉超等人見對方不講理，便賭氣離開，朝北方走去。

廣大的湖面只剩下點點稀疏的蓮葉，其餘是一片空蕩蕩的水域，連綿到遠遠的山頭。

葉超看到小波因為怕水而微微顫抖的身子，便囑咐小波留在這裡，自己則帶著小蜜與比奇朝夢幻湖的方向出發。

葉超走在水面，比奇飛在空中，小蜜游在水裡。

大伙兒前進了一會兒，果然看到一大片薄霧籠罩湖面，依稀可見水面上竟長有數不清的金色水蓮花；然而看得到卻摸不找，原來都只是幻影。

比奇試著從空中鳥瞰，但經過多番嘗試，卻根本看不到湖的盡頭。

「小蜜，裡面太危險了，我看妳還是留在這裡，我和比奇進去就好了。」

「不行，你幫我這麼多忙，我怎麼可以在緊要關頭離開你呢？況且這是為了我的族人著想，我更不能臨陣退縮。」

葉超看著比奇，比奇點點頭說：「多一個人，多一分力量，不過我們彼此要靠近一點，要是在湖裡走散就糟糕了！」

「嗯！」

就這樣，比奇停在葉超的肩膀上，葉超則牽著小蜜的手，借助玉蘭花靴子的法力，一起走在廣闊無邊的湖面上。

靜止的薄霧、虛幻的影像，讓人感覺彷彿走進夢裡，一場永無止盡的漫漫長夢……

「比奇，這樣找不是辦法，我們已經迷路了，最後一定會餓死在這裡的，怎麼辦呢？」葉超憂心忡忡的問。

「我也不知道金色水蓮花究竟在哪裡……」比奇無奈的回答。

「我也只知道它有神奇的露水而已。」小蜜沮喪的說。

「露水？我記得早晨的露水在陽光的照耀下會反光。反光？對了，我有辦法！」葉超驚呼出來。

「快說，是什麼辦法？」比奇與小蜜齊問。

「就是利用光線反射的原理，只要用玉蘭花權杖上的藍寶石光芒，投射在湖面上，透過露水的反射，就能確定它的方向。」

「哇！葉超，你真的好聰明喔！」小蜜高興的跳了起來，拉著葉超的手轉圈圈，好像已經找到花似的。

葉超的方法果然奏效，在玉蘭花權杖的藍光指引下，發現了金色水蓮花的蹤跡。

但即使範圍已經縮小不少，也有數不清的幻影花朵遍布四周，本尊到底在哪裡？

「啊！啊！明明就在附近，為什麼還是找不到呢？真氣人！」

眼看太陽即將下山，薄霧逐漸散去，取而代之的是漸涼的寒意，這對魚族來說是致命的傷害。

小蜜表面雖然強做鎮定，但葉超看在心裡卻有種說不出的難過，不忍心直視著她，便轉頭望向水中倒影，突然發現了找花的祕密！

「我知道了，當太陽落下、薄霧散盡的時候，水中倒影就是找花的祕密！」

大伙兒不約而同看著水中倒影，果然在沒有受薄霧干擾的短暫時間內，幻影花朵並沒有水中影像，只有真正的金色水蓮花才有。

金色水蓮花安靜的浮在蓮葉上，四周布滿金色的小光點，彷彿千萬隻發光的螢火蟲，葉片上則積存了一小池晶瑩剔透的露水精華。

「小蜜，快點喝，太陽要下山了！」葉超心急如焚的說。

「嗯，謝謝你，葉超！」小蜜水汪汪的大眼裡落下成串感激的淚水，小蜜緊握住葉超的雙手，並在他的臉頰上輕輕一吻，接著用纖纖玉指沾一小滴露水喝下，「撲通」一聲，立刻變身成一隻美麗的白色小金魚，美得像湖面上倒映的皎潔明月。

「小蜜……」葉超傷心的呼叫。

又是個星光滿天的美麗夜晚，小蜜甜美的歌聲陪伴葉超進入甜甜的夢鄉。

隔天清晨，他們用蓮葉畫出路線圖，召來所有剩下的魚族，他們一致決定不再留戀人類生活，想回去上游的出生地定居，請託葉超把花摘下。

葉超望著小蜜，小蜜也望著葉超，兩人手牽手、心連心；葉超回想起與小蜜相處，雖然才短短兩天，卻勝過兩年的美麗回憶，心中充滿不捨的離情！

在比奇的催促下，葉超含著淚水轉過頭，卻發覺手上有水滴飄落，知道是小蜜離別的淚水；葉超心想，為了拯救童話世界、為了魚族的未來，只好將心一橫，摘下金色水蓮花！

「撲通！」「撲通！」「撲通！」

一連串的撲通聲不絕於耳，所有魚族又恢復了魚身，自由自在的優游水中。

葉超看著身影逐漸遠去的小蜜，還不時刻意往回洄游探視，心中雖然充滿千萬個不捨，也只好將那份純純的友誼，隨著流水悠悠，永遠埋藏在心底深處……

十、玉蘭花王國

「哇！好漂亮的王國喔！」

葉超帶著小波在熱鬧的街道上散步，四周建築物富麗堂皇，同時也古樸典雅，街巷裡人群熙來攘往，好似穿梭於春天花圃的彩蝶；商店裡琳瑯滿目的貨品，則猶如點綴夏日夜空的點點繁星。

「汪！汪！」

十字街道的正中央豎立著一座雄偉的雕像，小波箭步向前，對著雕像輕吠兩聲，又轉頭對葉超猛搖尾巴。

葉超發現有異狀，快步趨前察看，嚇了一大跳，因為這尊栩栩如生的銅製雕像，竟然和他長得一模一樣！

葉超又在幾個醒目的地標發現同樣的雕像，它們姿勢各異，但都有一個共通點，就是雕像上都刻有「玉蘭花國王」五個大字。

「哥哥，你怎麼還在這裡磨蹭，大臣們的會議快要開始了！」

一位長相甜美、打扮俏麗的小姑娘走了過來，她美得像朵初綻的波斯菊，在微風中搖曳生姿，表情認真、語氣略帶責備的對葉超說。

「啊?!我——」

「走走走，快來不及了！」她不讓葉超有解釋的機會，拉起他的手就往前走。

小波開心的搖著尾巴跟在後面，憑藉靈犬的直覺，彷彿在告訴葉超對方不是壞人！

走著走著，一陣東彎西拐後，竟然走進整個童話世界裡最美麗富庶的「玉蘭花皇宮」。

整座皇宮都是用星星、月亮、太陽等形狀的稀有礦石所砌成，上面鑲嵌來自世界各地進貢的珍貴寶石，在微弱的陽光下，依然閃耀著帝王般輝煌而燦爛的光芒。

「對不起，我……」

「好！好！好！哥哥你想說的我都知道，這些話待會兒再說，你現在快進寢宮準備，十分鐘後我就會來接你。至於你的朋友，我會幫你照顧好的！就這樣，待會兒見啦！」

美麗的小姑娘機關槍似的講完，甩動兩條可愛的小辮子邁步離去，現場只留下滿臉錯愕的葉超。

葉超發現這間寢宮既美得像幅畫，又像首詩，可惜他無心欣賞。

「對了，找比奇！」

「啊！啊！又該智勇雙全的聖獸——比奇上場了，啊！啊！」

「比奇，快告訴我這是哪裡？」

「嗯，我來看看。啊！這裡是『玉蘭花王國』，也是我們拯救童話世界的最後一站，我們要摘一朵只有國王才有資格採摘的『皇冠花』！」

「那我問你，為什麼玉蘭花王國裡的廣場上，都有跟我長相一模一樣的雕像呢？」

「因為你就是國王啊！」

「可是……你不是說過，要收集完所有的玉蘭花珍奇寶物，才會變身成玉蘭花國王；而我現在不是還沒收齊，怎麼會是國王呢？」

「這以後你自然會明白。」

「哥哥，準備好了沒？」

「啊！快了，快了……慘了！比奇，現在怎麼辦？」

「嗯，也對，你未來才是國王。我們不如先將錯就錯，等探聽出皇冠花的所在位置再行動。別緊張，有我在！」

國王的金鑾殿氣派非凡，珍珠瑪瑙、琉璃翡翠、珊瑚鑽石……如星羅棋布般點綴其中，宛如一座大型藏寶庫。

底下有數十位大臣，整齊劃一的分列兩旁，現場鴉雀無聲、氣勢雄偉非凡。國王的黃金椅威嚴肅穆的位居正上方，有種萬人膜拜的王者風範。

葉超沒見過這種大場面，不禁有些怯場，還好比奇在一旁協助，不知道真的是命運安排，還是天賦異稟，當起國王來竟然也有模有樣。

「……」

「……」

「……」

「還有人要上奏嗎？」

現場人多，卻一片靜默。

「那就請王國內最博學多聞的大臣留下，其餘大臣退朝！」

送走諸位大臣，葉超舒了口氣，只見王國內最有學問的貓頭鷹大臣──也是掌管全國中央圖書館的館長──正等在一旁候問。

「請問傳說中的『皇冠花』，現在在哪裡？」

「啟奏聖上，在玉蘭花王國北方哈里斯聖山的亞堤帕特神殿。」

葉超得到線索後，刻意假裝身體不適，要回寢宮休息，暗中從後門溜出了這座金碧輝煌的大宮殿。

「比奇，當國王雖然威風凜凜，卻不如老百姓自由自在。啊！糟糕，小波沒有跟來！」

「沒關係，有公主照顧不會有事的。不過我是一隻普通的鳥，沒辦法接近傳說中的聖山，接下來你只能靠自己了。啊！啊！」比奇話一說完，連「再見」都沒說，就消失無蹤了。

「臭比奇，又來了，總是在緊要關頭丟下我一個人去面對。好吧，既然這樣，就只能由我獨自完成最後的使命了！」

葉超一路向北走，道路雖然蜿蜒，卻平坦寬廣，並未遭遇到絲毫阻礙。路的盡頭，在接近山頂的地方，看見一條兩公尺寬、五十公尺長的拱橋，這座橋橫跨兩座大山之間，直達對面的神殿門口，橋的兩側盡是深不見底的深淵。

葉超小心翼翼的走過去，就快到達對岸時，突然刮來一陣強風，葉超被風吹得重心不穩，一個踉蹌差點自橋面跌落萬丈深淵，只剩一隻手抓住橋緣，人就吊在半空中，膽子被嚇掉一半。

「快把另一隻手給我！」

葉超被拉起來時只剩下半條魂魄，正要向救命恩人道謝，卻發現他長得竟然跟自己一模一樣！

「你……你怎麼也長得跟我一模一樣！」

「你……你就是傳說中的國王！」

兩人雙手緊握，一見如故。

那位名叫卡斯的男孩脫去臉上的假面具，興奮的說：「您就是玉蘭花王國足足等了一百年的國王，今天終於見到您了，真的太好了！」

卡斯告訴葉超，玉蘭花王國自從在百年前遺失十件代表國王的珍奇玉蘭花配件後，這個國家就一直群龍無首，而聖殿則預言百年後將有新國王出現，他的到來將拯救王國，甚至拯救全世界。

由於原任國王沒有子嗣，才暫時由身為義子的卡斯代理國王一職，但為了證明自己的忠心，他提議以未來國王的真面目示人。由於面具做得唯妙唯肖，有時連卡斯都忘了原本自己的長相，也難怪妹妹米雅公主會認錯人。

如今真的國王找到了，自己的任務也將達成，總算可以卸下肩上重擔！

「聽說只有真正的國王才能摘下皇冠花，我常常蹓躂到這裡，等待真正的國王出現，一等就是一百年，想不到今天終於讓我等到了。只要摘下這朵皇冠花，就能證明你就是真正的國王！」

葉超半信半疑，緩步步入聖殿，中央神壇上長滿了高聳的荊棘，將整座神壇團團包圍。葉超從透光的縫隙裡清晰的看見一朵長得像皇冠的高貴花朵，正綻放著讓百花都為之遜色的豔麗。

葉超慢慢靠近，身上的所有玉蘭花珍奇法寶齊放光芒，荊棘叢也逐漸自動退開，為他讓出一條安全通道；皇冠花似乎也嗅到主人的味道，慢慢抬起頭來，露出美麗而高貴的臉龐。

「還好這次冒險沒有傷腦筋的考題出現！」

葉超輕輕將它摘下，小心翼翼的戴在頭上，那朵花馬上變成了一頂真正的「玉蘭花皇冠」。

原來這是原有任務的最後一朵花，同樣也是最後一項珍奇法寶，卡斯看著眼前此情此景，不禁雙眼泛出淚光，心悅誠服的朝新國王跪拜。

葉超誠懇的用雙手將他輕輕扶起，問道：「卡斯，你今年幾歲？擔任國王幾年了？」

「啟奏聖上，我雖然看起來像個小男孩，其實已經一百一十歲了，從十歲當國王算起，也有一百年了！」

「哇！」這讓葉超想起了《鐘塔》裡的機器人小伍，他們都是外表看似小孩，卻又如此長壽的「長者」。

「看到現在玉蘭花王國繁榮昌盛的景象，百姓都安居樂業，你一定是位好國王。」

「現在真正的國王回來了，我願意當他忠心的臣子，誓死效忠國王！」

「我們也是！」

「汪！汪！」

不放心的米雅公主帶著小波出現，大家一起高高興興的回到皇宮。

隔天是新國王的登基大典，現場賓客雲集、舉國歡騰，整個王國沉浸在一片歡樂聲中。

葉超穿戴整齊，將十件玉蘭花珍奇寶物全部佩戴在身上，果然威風凜凜、神氣十足，頗有國王氣派。

在一片祝福聲裡，葉超正準備坐上黃金椅大位，有人突然闖進殿內大喊：「他是假國王，我才是真的！」

眾人一片錯愕，連葉超也嚇了一跳，差點跌坐在地，因為當眾又走進來一位與葉超長得一模一樣的小男孩，連穿著打扮都如出一轍！

葉超心想怎麼又來了，從「王國裡地標上的雕像」，到「卡斯代理國王的假面具」，現在又是一模一樣的「真人版」，世界上到底有多少個「葉超」呢？

看著身旁忠心不二的前國王卡斯，他也一頭霧水，整個玉蘭花王國裡，只有卡斯才有那個唯一的國王假面具。

群臣一時之間不知所措，只見對方直接大剌剌登上聖殿，毫不客氣的與葉超並肩而立。

「你是假的，我才是真的。」

「亂說，你才是假的，我是真的。」

兩人爭得面紅耳赤。

「那我問你，你叫什麼名字？」

「我叫葉超，那你呢？」

「我也叫葉超。」

兩人爭論不休，群臣還是束手無策。

「如果你們連哪位是真正的國王都分不清楚，還有何面目待在這座童話世界裡最高的神聖殿堂之上呢？如果兩位國王也沒辦法證明自己才是真正的國王，那又有何能力成為代表最高至尊的玉蘭花國王呢？」宮殿外有人連續拋來兩個尖銳的問題。

整座宮殿倏然瀰漫了一股濃郁的玉蘭花香，香得有些迷醉、有些妖豔。

「啊！是會魔法的玉蘭花皇后，她是怎麼破解十位花仙子的法力，回到童話世界裡的？」大殿上響起一片驚愕聲。

從殿外走進一位身穿樸素花布衣裳的老婆婆，走沒幾步，便忽而渾身藍光閃動，變身成一位身著豔麗花色套裝的美麗女子，姿態優雅的挺立在大殿上。

「妳……妳是賣玉蘭花的老婆婆，怎麼……怎麼又變成美麗的玉蘭花皇后？這到底是怎麼一回事？」葉超驚訝得說不出話來。

「好心的小朋友，我還得衷心感謝你，由於你的勇氣與冒險犯難的精神，我才能有復活的機會！」玉蘭花皇后的眼神先是充滿感激，瞬間又轉變成冰刀般冷峻，「不像那一群人……」纖纖玉指所指之處，令人不寒而慄。

「哈！哈！已經一百年了，我等這天足足等了一百年，是你們對我無情在先，休怪我對你們無義在後。」玉蘭花皇后發出令人不舒服的冷笑聲。

「不過我不希望使用暴力，我們來談條件好了，如果你們有本事在今天中午十二時以前，證明誰是真正的國王，我就認輸，自動離開王國；倘若你們沒那本事，又能帶給王國什麼希望呢？我勸你們乖乖交出政權，國王就換我來當吧！」

「雖然相隔整整一百年，但妳的野心還是一點兒都沒改變，就像驢子一樣頑固，想必當年代表國王的十樣珍奇玉蘭花配件，也是被妳偷走的吧！看來妳是早有預謀。好，我們同意妳的條件！」大臣們決定放手一搏。

然而時間一分一秒流逝，任憑大臣們怎麼問，兩個葉超都對答如流，即使分開詢問，答案也是完全一致。

他們的身體特徵完全一樣，甚至外表造型、談吐舉止都完全吻合，連十件代表國王的珍奇配件也一模一樣，就連曾經扮演過國王百年替身的代理國王卡斯也被難倒了。到底該怎麼辨才好呢？

「你們既然猜不出真正的國王是誰，就算我贏了，哈！哈！……」

玉蘭花皇后在聖殿上狂妄的大笑，刺耳的聲音迴盪在皇宮裡久久不散……。

「那依照約定，玉蘭花王國的國王就是我囉！」玉蘭花皇后用冷冽的目光掃遍全場，彷彿要凍結人心一般。

「汪！汪！」小波看著米雅公主叫了兩聲。

「等一下！」米雅公主點頭會意，篤定的說：「我有辦法分辨誰是真、誰是假。」

米雅公主朝著小波比出「讚」的手勢，意思是接下來全靠你了！

小波會意，立刻衝上前，對著兩位國王又嗅又聞，花了好一會兒工夫，小波突然憤怒的將其中一位撲倒在地。看著小波露出銳利的尖牙，假國王立刻嚇得現出原形，他大叫：「對不起，不要咬我，我是被皇后逼的！」一隻能完美模仿別人造型、動作與聲音的特異變形蟲，現身在大殿之上！

「哼！我完美的計謀，竟然被你這隻臭狗給識破了！」

「皇后，妳的野心已經被拆穿了，還有什麼話說！」

「哈！哈！我等了一百年的復仇大火，豈能被你們小小的伎倆給澆熄呢！」

玉蘭花皇后施展魔法，瞬間移動到米雅公主身旁，將公主挾持。

「葉超，你身上的玉蘭花珍奇法寶，本來就是我百年前費盡心思借來的，該是物歸原主的時候了！」玉蘭花皇后把「偷」說成「借」，分明是想推卸責任。

「可惡，妳竟然假扮成賣玉蘭花的老婆婆，我還一度把妳當成我過世已久的外婆，甚至把花仙子說成花妖，利用我去破解她們的法力，把我騙得團團轉，只為了滿足妳自私的野心，害我成為玉蘭花王國的罪人，真是太可惡了！」葉超自責到渾身發抖！

「哈！哈！哈！與其說你太單純，不如說是命中注定吧；要不是你，我也回不到玉蘭花王國，我可是真心誠意的感謝你呢！如果你願意跟我合作，說不定我們可以一起統治整個童話世界喔！」

「我就是再傻，也不會被妳騙第二次的！」

「既然你敬酒不吃吃罰酒，那我也不客氣了；快把所有玉蘭花配件統統拿來，再不快點行動，公主性命難保！」

「汪！汪！」

「臭狗，只要你敢亂動，我就讓公主當場斃命！」

小波看著對自己照顧有加的米雅公主蒙難，立刻噤聲並停止所有動作，連尾巴也不敢搖動半分。

葉超忽然甩手一拋，「玉蘭花手鍊」化成一條長繩，朝皇后迎面飛竄而去，試圖將皇后五花大綁，現場眾人見狀不禁同聲「啊」了出來，語氣裡充滿期待；哪知皇后手指頭輕輕一點，長繩立即像軟掉的橡皮筋一樣躺在地上，大家瞬間又「唉」聲連連，直呼可惜。

葉超發覺這招沒用，又接著抖動「玉蘭花披風」，瞬間便消失無蹤。眾人來不及反應，葉超本想趁機偷偷靠近皇后、解救公主，哪知只走兩小步，皇后手掌輕輕小迴旋，葉超又出現在大家眼前。

葉超還是不死心，摸一下「玉蘭花皮帶」，忽得飄上天空，「玉蘭花權杖」跟著點擊出去，二道程序一氣呵成，看得眾人正準備拍手叫好，皇后卻搖了搖頭，發出一陣尖銳的聲音：「沒用的！」葉超一下子重心不穩，瞬間從空中直直摔落，還好快落地時「玉蘭花皮帶」發揮效果，卻仍然慘跌一跤，嚇得大家摀住眼睛，只敢透過指縫偷偷瞧。

正當葉超又要使用其他國王專屬的玉蘭花珍奇配件時，皇后反而耐心的解說起來：「你省省力氣吧！這些都只是魔法道具，而我使用的才是真正的魔法，道具是贏不了本尊的！」

葉超眼見無技可施，只好將身上代表玉蘭花國王的珍奇配件一一取下，有玉蘭花項鍊、背包、皮帶、手錶、披風、權杖、手鍊、靴子與皇冠等，都是自己費盡千辛萬苦換來的，也都是被利用來解除花仙子法力的珍奇寶物，一件、一件、一件，慢慢、慢慢、慢慢丟還給玉蘭花皇后，其實真正的目的在拖延時間，思考逆轉局面的方法。

最後剩下手指頭唯一的戒指，葉超心中燃起僅剩的一絲微渺希望，彷彿黑夜中僅剩的一丁點指路燭光，緩緩朝戒面輕輕而慎重的摸了三下。

「啊！啊！是誰在召喚聖獸——比奇我？是不是葉超又遇到什麼困難呢？」

「比奇，是我！」葉超彷彿溺水者捉到最後一根救命浮木。

「比奇，你想飛哪兒去？你忘了我們之間的約定了嗎?!」

「啊！是玉蘭花皇后，我……我……」

「葉超，我就讓你看清楚他的真面目！」

玉蘭花皇后手中權杖向空中一揮，一道藍光激射而出，「白鴿」比奇好似被閃電打中一般，慘叫一聲，立刻變成一隻全身烏溜溜的──「烏鴉」！

「啊！比奇……原來你真的是烏鴉，原來你也一直都在騙我……」

「你召喚這隻笨鳥來也救不了你，快把玉蘭花戒指還給我，十朵花的法力，加上十件法寶的威力，我的夢想就要實現了！」

「汪！汪！」

小波趁玉蘭花皇后分心，一個箭步飛奔上前，張口咬住玉蘭花皇后的小腿，痛得她哇哇大叫，忍不住手一鬆，米雅公主趁機想逃，哪知皇后怒性大發，一杖點出，藍光閃動間，公主立即變成了一尊木頭雕像。

「公主！」

眾人大叫，紛紛上前營救，也一一被皇后的魔法變成一尊尊木頭雕像。

葉超也衝向前，皇后閃身瞥見他的身影，立刻一杖擊來，卡斯見狀隨即跳到葉超面前，以肉身阻擋，「國王快逃，玉蘭花王國全靠你了！」接著也瞬間變成了一座木頭雕像。

葉超眼見大家一一變成木頭雕像，自己卻完全無能為力，心想這一切都是自己害的，內心自責不已！又想到自己的能力實在有限，不如乾脆放棄、束手就擒，結束這一切；忽然看到比奇似乎鼓足勇氣，朝他大叫一聲：「葉超，你不能輕易放棄，否則大家就都白白犧牲了！」說罷便朝玉蘭花皇后衝了過去，在她頭上盤旋搔擾，加上小腿被小波所牽制，玉蘭花皇后一時動彈不得。

「比奇……小波……」

「笨鳥……臭狗……快走開，別想破壞本皇后的好事！」

玉蘭花皇后的權杖四處亂揮，魔法接觸到比奇的翅膀末端，比奇在空中失去平衡，翻了幾圈後重重跌落在葉超腳邊。

葉超抱起比奇往門外飛奔而出，卻聽到玉蘭花皇后大叫：「臭狗，我是叫你來幫我監視葉超，事成之後再實現你的願望，把你變成真正的人類小孩，你竟然反過來咬我，狗果然是人類最忠實的朋友，是我失算了。看我怎麼收拾你！」

葉超含著眼淚奪門而出，回頭看見小波也變成一隻木頭狗，嘴巴依然咬著壞皇后，又看到懷抱中的比奇，也有一隻翅膀完全木質化了，內心更是悲憤交加。

「葉超，我對不起你……我雖然是隻烏鴉，卻不是壞蛋；因為我把巢築在公園的玉蘭花老樹枝椏間，皇后就用我孩子的性命威脅我，要我矇騙你，好讓她可以完成那邪惡的復仇計畫，真的很對不起……」

「比奇，你不要再說了……」

看著比奇只剩下嘴巴還會動，身體已經完全變成木頭，葉超淚眼潸潸的出聲制止。

「我偷聽到皇后曾經說過，她是樹的化身，最怕——」

比奇還沒說完，就在葉超的懷抱裡變成了一隻死氣沉沉的木鳥。

葉超止住淚水，先將比奇放置到安全的地方，發覺玉蘭花皇后的爪牙已經開始蠢動，四處緝捕他，葉超只好東躲西藏，不知不覺來到皇宮後花園，看到聳立著的好幾根大型光柱，散發出絢麗的七彩光芒，以前好像在哪裡看過，慌不擇路，毫不猶豫的朝其中一根光柱跳了進去……

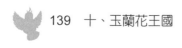

十一、永恆的童話世界

在一片綠意盎然的草原上，有一隻大野狼正流淌著口水，想吹倒一間茅草蓋的房屋，「呼！」的一聲巨響，裡面有一隻大胖豬逃了出來，嚇得大叫：「救命啊，我不好吃，請不要吃我！」然後落荒而逃。

大野狼得意的笑了起來，想繼續追擊下去，卻突然停下腳步，回頭用兇狠的眼神望向葉超：「玉蘭花皇后下了命令，不管死活都要捉到你，你逃不掉的！」接著竟然放棄了追殺豬大哥的劇情，朝葉超直撲過來！

葉超大驚，怎麼連《三隻小豬》故事裡的大野狼也要對付他？葉超拔腿就跑。

又看到前面有幾道光柱，終於想起《幻影王國》裡，玉蘭花皇后被十位花仙子用光柱送到人類世界，這些色彩炫耀的光柱顯然都有「傳送」的功能，只是還不知道目的地在哪裡？眼見危險逼近，葉超二話不說便再度跳了進去……

「噓！邪惡的後母就在隔壁，我們千萬不能發出聲音！」溫柔的白雪公主輕聲說道。

「可是……這麼小的地方，又多一個人擠進來，我快不能呼吸了！」其中一個小矮人說。

「對呀！」另外六個小矮人同聲附和。

葉超發覺自己與白雪公主和七個小矮人，一起擠在一間狹小的房間裡，幾乎動彈不得。眼前的牆上正好有個小洞，葉超把眼睛湊上去看，白雪公主的邪惡後母正在問魔鏡：

「魔鏡啊魔鏡，請你告訴我，誰是世界上最漂——噢，玉蘭花皇后已經發布了通緝令。嗯，那我重問，魔鏡啊魔鏡，請你告訴我，誰是世界上最危險的人物？」

「我親愛的皇后，是一位專搞破壞的小男孩，名字叫做葉超！」

「那他現在在哪裡呢？」

「就在妳隔壁的小房間內，正透過牆上的小洞在看妳呢！」

「哦，是這樣子嗎？」

皇后轉過頭，用邪惡的三角眼朝牆壁掃視，四目相交，嚇得葉超連退兩步，差點跌得四腳朝天！

白雪公主冷靜的拉著葉超的手往外跑，他們步出幽暗的房門，在陽光的照耀下，白雪公主的皮膚白得像雪，泛紅的臉頰像紅潤的蘋果，真的太美……太美了……

「你這樣看我，我會不好意思的！」

「啊，對不起！」

「從這裡出去，前面右轉有七彩光柱，我也不知道會通到哪裡，只能祝你好運！切記，童話世界的和平就全靠你了！」白雪公主緊握葉超的雙手，溫暖得猶如冬天的太陽。

「我會盡全力阻止玉蘭花皇后的可怕陰謀！」

葉超飛奔而去，現在已經可以確定「光柱」是童話世界的傳送點，沒命的撞入其中一道光柱裡……

「買火柴，叔叔，要不要買火柴？伯母，缺不缺火柴？」

「哇！好冷喔！」

葉超來到一個冰天雪地的小鎮，單薄的衣服令他全身顫抖，他看到前面有位可憐的小女孩，也穿著破舊的衣服，牙齒在冷風中不斷打群架。

「小姑娘，妳好！」

「你好，你要買火柴嗎？」

「我……我身上沒錢！」

葉超突然想起，她不正是童話世界裡鼎鼎大名的「賣火柴女孩」嗎？誰都會為她不幸的遭遇掬一把同情淚。

「小姑娘……這……給妳！」

葉超看過《安徒生童話》，知道她最終不幸的結局，決定把他的午餐——一塊隨他四處冒險而扁掉的鮪魚三明治——送給她。

「謝謝你，好心的小男孩，我今天晚上就不用餓肚子了。後母說只要我火柴賣不完就不准吃飯，今天又賣不到半打，幸好遇見你，真的非常感謝。這份恩情我實在無以為報，嗯，不如……這個送給你吧！」

賣火柴女孩臉上露出燦爛的笑容，足以融化北國嚴寒的冬雪。

她拿出一盒火柴交給葉超，葉超還來不及說「不用」，她就蹦蹦跳跳的離開了！

葉超沒有多想，順手將火柴盒放入褲子口袋，突然靈光一閃：「對呀！我一直逃也不是辦法，既然所有故事都發生在圖書館裡，我不如回到圖書館，找出原書將它撕毀，或許這樣就能阻止邪惡皇后的陰謀！」

心中主意已定，葉超開始找尋回家的路。

他很快就發現外圍光柱一共分成七種顏色：紅、橙、黃、綠、藍、靛、紫，分別通往七個不同的世界，而正中央有一道白光柱，則可以回到上一層。

一連串輾轉跨越，葉超終於回到現實世界，但他發覺這個原本再熟悉不過的世界，已經變得面目全非。

一路上他聽到小草窸窸窣窣的在喊冷，大樹嘆氣的表示自己有懼高症，房屋抱怨主人太吵害他睡不著，就連公園的翹翹板也抱怨起頭暈的老毛病，彷彿童話世界的虛擬劇情，通通跑到了人類的現實世界裡。這到底是怎麼回事呢？

葉超不敢走大路，小心謹慎的迂迴旁繞，踏著小徑悄悄回到圖書館。

他來到每個星期六早上都會拜訪的熟悉空地，百年玉蘭花老樹已然不見蹤影，感覺很像自己外婆的玉蘭花婆婆也消失無蹤，但是空氣中彷彿還留有玉蘭花的淡淡香氣。

葉超經過這一連串的突發事件，忽然覺得身體好累、眼皮好重，在原本玉蘭花老樹旁的公園涼亭裡，他好像又看到自己的外婆出現在眼前……

「外婆，妳為什麼住在三合院，要不要跟我們回都市裡住呢？」

「小超，外婆住在三合院已經幾十年了，這裡充滿人情味，而且一切東西都可以自給自足，菜自己種、豬自己養、連水果也自己種自己吃，有多餘的還可以送人。」

「外婆，那妳撿這些枯枝落葉做什麼？」

「當然是升火煮飯囉。來，外婆告訴你，三合院生生不息的祕密。我們在三合院外圍種植果樹，果樹可以供應我們水果，它的枯枝落葉又可以當柴燒，燒完的柴火灰燼，又可以當樹成長的肥料，如此生生不息，是不是很有趣呢？」

「三合院生生不息的祕密，的確很有意思呢！」

忽然一陣涼風吹來，葉超打了一個冷顫，三合院已然消失無蹤，外婆也不見了，但是那句「三合院生生不息的祕密」，似乎還「餘音繞梁」的留在他心裡。

葉超進入圖書館，回到以前上閱讀課的地方，教室裡冷冷清清，與之前星期六的熱鬧滾滾實在大相逕庭。

葉超坐回自己曾經熟悉的座位，一陣翻找，想找出任何能拯救童話世界的蛛絲馬跡。

他翻到了自己曾經寫過的讀後心得，難得的靜下心來，仔仔細細閱讀下去。

《詩意森林》

老師引用孔子的話說：「不學詩，無以言。」勉勵我們多讀詩詞；只是童詩我還可以接受，至於古典詩詞，太難了，看了只想打哈欠……

『老師評語』

多練習就會進步，看到你今天課堂上的「對詩」表現，我對你刮目相看！

《美音小鎮》

如果人類可以不說話，單純用樂音表達想法，一定很有趣，可惜只存在故事書本裡。

『老師評語』

音樂的確可以陶冶心情，但不能代替語言。

《幻影王國》

這個世界最有趣了，我竟然可以擁有穿牆神功，但老師與同學一定不相信！

「**老師評語**」

穿牆神功？老師的確不相信！

《風速谷》

我好想念小鼴鼠地地，雖然行動不方便，卻不向命運低頭！當時來不及跟他道別，不知道他現在過得好不好？

「**老師評語**」

不要把虛幻世界的人物當真喔！

《鐘塔》

小伍跟著媽媽一起離開了這個世界，我難過的流下眼淚！

「**老師評語**」

喜歡閱讀很好，但是不要太陷入劇情裡，因為那些都是作家虛構的故事。

《幽靈沙漠》

原來隱形這麼有趣，真想跟同學們一起玩隱形捉迷藏遊戲。

「**老師評語**」

隱形只是障眼法而已，千萬不要當真。

《倒立國》

靠著王子與公主的努力，讓正立國與倒立國重修舊好，世界恢復和平。

「老師評語」

凡事只要努力，就會有好的收穫，閱讀也一樣喔！

《世界盡頭》

人類世界「鬥雞」、「鬥犬」，不尊重生命；在石頭人的世界裡，他們「鬥人」，真是報應！

「老師評語」

不管生在什麼世界，「尊重生命」都是共通法則。

《水世界》

眼睜睜看著小蜜捨不得離開、不斷回頭的身影，我好想留在水世界，跟她永遠在一起！

「老師評語」

又是現實世界與虛幻世界混淆了，我會跟你媽媽談一談！

《玉蘭花王國》

賣玉蘭花老婆婆的預言成真了：只要收齊十件玉蘭花珍奇寶物，我就是童話世界的國王！

「老師評語」

白日做夢，也該醒醒了。

看著一篇篇文字簡潔卻誠實面對自己的讀後心得，葉超禁不住笑了出來，不再責怪老師不理解他，因為大人永遠都是將自己的想法強加在小孩子身上，想把小孩子塑造成他們心裡想要的形象，而這個形象往往是大人自己小時候的缺憾。

這十本書，十個世界，十次冒險旅程，如今都歷歷在目，活生生的存在自己的腦海裡。

又回想起自己小時候，曾經對繪本愛不釋手，甚至到了忘記吃飯的地步；等到長大以後，對字多的書籍開始產生排斥，漸漸與書本疏離！

其實文字就像一個個在書本裡跳躍的小精靈，只要慢慢增加字詞的數量，就能優遊在書海之中，與它們和諧共舞，找到難以形容的快樂。

是時候該屏棄有目的性的閱讀方式，找回自己「最初對閱讀的熱情」了！

葉超一邊自我反省，一邊繼續搜尋，不一會兒，就在一處開放式的書架上，找到了《玉蘭花王國》這本童話書，書中記載的故事果然跟他的經歷一模一樣，連《幻影王國》裡那段無聲的對話，這裡都有詳實的文字記載——

皇宮內依然富麗堂皇，卻看到一群大臣圍著小圈圈，中間有一位姿態優雅的女子，楚楚可憐的倒臥在地，美得像朵嬌豔的玉蘭花，潔白純淨而氣味芬芳，而身旁卻築起一道多刺的籬笆牆。

「根據《玉蘭花王國國法》第1352條第5款規定，皇后不准學習魔法，也不准擁有魔法。根據最新調查結果顯示，妳的確會使用魔法，而且法力高超。以上指控，妳還有什麼話說？」

「你們誤會了，我的魔法是因緣際會下學到的，不是刻意去學習的；何況我擁有魔法，並不代表我會害人，請你們要相信我，好嗎？」

「會魔法的皇后，遲早會把玉蘭花王國，甚至整個童話世界毀滅掉，這是亙古不變的定律！」

「對，我們要趕走會使用魔法的壞皇后，讓淳樸的王國早日恢復平靜！」

「求求你們別趕我走，這裡是我的家，有疼我的丈夫和親愛的子民。」

「我們很想同情妳，但所有證據顯示，妳的作為讓我們澈底失望。

有請十位花仙子，把皇后的法力永遠封存起來，並且立刻逐出玉蘭花王國！」

「啊——！」

眾人眼前突然閃動十道不同顏色的強烈光柱，從光柱的殘影裡依稀能看見，皇后已經悄悄消失在玉蘭花王國裡……

「原來真的有這本書，或許只要毀了壞皇后的部份，世界就能恢復秩序了！」

「你的想法太天真了吧，葉超！」

「誰？是誰在說話？」

「當然是我囉，以前的玉蘭花皇后，現在的玉蘭花國王。我已經等你一個上午了，你果然很聰明，居然能找到這裡來，不過正好中了我的圈套，我只要收回你身上最後的戒指，我的偉大夢想就要實現了，這全都得感謝你的幫忙呀！哈！哈！哈！」

「壞皇后，妳不是已經取得玉蘭花王國的統治權了嗎？相信妳不用多久就能控制整個童話世界。既然妳的目的都已經達成，現在還想怎樣？」

「嗯，我不妨告訴你，以前我真的很想統治玉蘭花王國，甚至整個童話世界，才會偷偷隱藏使用魔法的能力，並且嫁給老邁的國王。但是經過一百年的羞辱，我終於想通一件事，那就是我已經不再稀罕統治一個只能被人類操弄的童話世界，我要將『虛幻的童話世界』與『真實的人類世界』對調過來，將童話世界裡虛構的人物全部釋放出來，再將人類完全禁錮在童話世界中，由我們反過來控制你們的劇情發展，決定你們的生或死，最後讓我登上這兩個世界的真正主宰！你說，這個計畫妙不妙、偉不偉大呢？」

「哼！這種壞主意只有妳想得出來，為了玉蘭花王國，為了童話世界，也為了全世界人類，我絕對不會把戒指交給妳！」

「哦，是嗎？我勸你考慮清楚再說，我這裡有本最新版的好書，相信你會想看的，就讓你先睹為快吧！」

空中突然浮起一本書，彷彿長了翅膀，自動飄落在葉超身邊，書名叫做《甜蜜的家庭》，封面上的圖案竟然是葉超的全家福照片。

葉超輕輕將它捧在手裡，那書本卻彷彿有千萬斤重，他的雙手不住的顫抖，小心翼翼的一頁一頁翻下去，看到自己過去種種的生活點滴，都變成書中一篇篇的家庭故事。

「這……這就是為什麼妳知道我家的所有狀況，知道我外婆家三合院的圍牆外，有棵我從小就喜歡的玉蘭花樹，知道玉蘭花是我從小最愛的花卉……我好傻，一步步走進妳的圈套裡！」

「你外婆家的玉蘭花樹，其實是由我的分枝所長成。只能說我們的確有緣，不知道命運的安排，是讓你找到我，還是讓我找上你。雖然我的魔法在人類世界恢復緩慢，但是這點小伎倆可難不倒我；況且你解除愈多花仙子的法力，我的法力就恢復得愈快呢！」

「那我在圖書館閱讀課選書的時候，總覺得是好像是書選上了我，而不是我選擇要看哪一本書，這也是妳的傑作？」

「說傑作不敢當，其實我只是一位引導者，引導你取得第一件玉蘭花珍奇配件，而玉蘭花珍奇配件也擁有法力，會自己找到主人！」

「玉蘭花珍奇配件幾乎都被妳收回了，那現在妳到底想怎樣？」

「哈！哈！最後一項玉蘭花戒指如果還給我，我可以保證《甜蜜的家庭》書名不改，甚至可以為你把內容寫得更精采、更感人；戒指如果不還給我，《甜蜜的家庭》恐怕會成為歷史名詞，自此之後只會剩下《苦澀的人生》了！」

「妳……居然用我的家人來威脅我，太卑鄙了！」

此時的葉超彷彿踏上絕望的道路，他現在就像一隻鬥敗的公雞，等待命運宣判結局！

絕望的葉超慢慢脫掉手上的戒指，心中打定主意，與其眼睜睜看著童話世界被毀滅，不如和邪惡皇后奮力一搏，即使同歸於盡也無妨！

他看見窗外草地上有個清潔工人，正在將地上成堆的無用落葉，點火燃燒成一個小火堆，樹葉在無聲無息中慢慢化為灰燼。

葉超忽然想到外婆那個「三合院生生不息的祕密」——

枯枝落葉可以當柴燒，燒完的柴火灰燼，又可以當樹成長的肥料。

「有了！」

葉超又想起賣火柴女孩臨別前送給他的那盒火柴，還在自己褲子的口袋裡，腦中多道靈光閃現，原來比奇變成木鳥前，急著要告訴他的話就是這個：

「我偷聽到皇后曾經說過，她是樹的化身，最怕──」

「戒指還給妳……」

葉超故意將戒指拋得又高又遠，失去戒心的玉蘭花皇后志得意滿的哈哈大笑，這百年來的復仇大計，這偉大的夢想計畫，就要一一實現了……

她仰起頭現出原形，變身成一棵玉蘭花樹妖，抖動身上無數的木質觸鬚，準備去迎接代表勝利榮耀的玉蘭花戒指。

此刻太陽熱力四射，餘光射在戒面上，閃耀出金色的光芒，好像是刻意為她取得勝利而進行加冕的聖光。

玉蘭花皇后突然覺得有些不對勁，戒指應該只有一道光芒，怎麼空中又接二連三拋來數道亮光呢？

她低頭一看，嚇得眼睛差點從眼眶彈跳出來，原來接在戒指後面的閃光，其實是一根又一根點著的火柴棒，全部往自己乾燥的身體飛燒而來，「轟」的一聲巨響，玉蘭花樹立刻化為一團大火球！

「啊──！」

淒厲的叫喊迴盪在寧靜的圖書館內，此刻中午十二點的鐘聲正好響起，彷彿代表正義的響鐘，以震撼的聲波粉碎一切邪惡與陰謀，這遲來的正義終於讓世界恢復和平。

玉蘭花王國回復了昔日的欣欣向榮，葉超則重新成為玉蘭花國王。

葉超覺得自己對不起玉蘭花王國及童話世界，決意讓出王位。

但是群臣一致反對，認為這本是天意，況且葉超最後也拯救了玉蘭花王國以及童話世界，甚至人類世界，功大於過，仍然是大家心目中最敬重的國王。

葉超不好意思的搔了搔頭，說出了心中存在已久的疑慮……

這場人類世界與童話世界的浩劫，其中有個重要因素，就是兩個世界的連結通道被誤闖：

一、玉蘭花皇后被花仙子用法力禁錮到人類世界，後來又恢復法力回到童話世界。

二、自己憑著玉蘭花項鍊，能夠在兩個世界裡來去自如。

三、童話世界之間，甚至童話世界到人類世界，都能夠以七彩光柱相互連結。

以上這些通道或是路徑，都讓野心家有機可趁！因此最好的辦法，就是回歸正常軌道，將人類世界與童話世界的連接點完全阻斷，如此一來便不會再有類似的危機出現了。

葉超提出了他的顧慮，聽得大臣們頻頻點頭稱是。

葉超進一步宣布回位給前代理國王卡斯，因為他在位一百年間，為玉蘭花王國創造了輝煌而燦爛的歷史，也為百姓帶來安定與繁榮的幸福感。

由於這是國王直接下達的命令，王國的子民縱然不捨，卻也只能順從，葉超這才心滿意足的離開這個為他生命帶來濃郁色彩的童話世界，這些為他重新拾回閱讀樂趣的——「閱讀體驗大冒險」。

回到現實世界，隔天就是星期六，葉超再度重回圖書館參加閱讀課，現在的他今非昔比，已經重新恢復往昔對閱讀的高度熱情。

騎著心愛的腳踏車抵達公園，看到原本那棵百年的玉蘭花大樹下有燒成灰燼的痕跡，地上還留有一小截花色布料，是以前外婆最喜歡的衣服色系，葉超心中感慨不已。

到了圖書館，葉超在開放式書架上，發現一本最新版的童話故事——《玉蘭花王國》，眼睛為之一亮，立刻拿來置於讀者區桌面，一頁又一頁仔細翻閱，其中冒險的精采旅程，全部都是他之前的不平凡遭遇，只是將名字「葉超」，改為「勇敢的小男孩」。

窗外突然傳來「啊！啊！」、「汪！汪！」的吵鬧聲音，葉超興奮的從座位上跳了起來，他飛奔到窗前，透過窗戶往外看，看到公園的綠地上，有一隻小狗和一隻烏鴉正在嬉戲，葉超興奮的大叫：「比奇！小波！」

忽然從窗外吹來一陣強風，把窗簾掀飛開來，泛起層層如漣漪般的波紋，也將放置在桌案的書本不斷翻頁……

葉超回眸一瞧，書本正好停止在最後一頁，它的最後一段文字是這樣寫的：

> 勇敢的小男孩最後拯救了童話世界，並為了童話世界的永久和平著想，毅然決定讓出王位。如此雍容大度的高潔德性，與犧牲奉獻的偉大精神，為童話世界立下不朽典範，獲得全王國子民的一致推崇，晉封他為「永恆的榮譽國王」，立碑豎像、供人景仰。而他的冒險故事，將流傳在美麗動人的童話世界裡，代代相傳，生生不息……

少年文學62　PG2928

玉蘭花王國

──閱讀體驗大冒險

作者／廖文毅
繪者／雪夜松露
責任編輯／劉芮瑜
圖文排版／周妤靜
封面設計／吳咏潔
出版策劃／秀威少年
製作發行／秀威資訊科技股份有限公司
114 台北市內湖區瑞光路76巷65號1樓
電話：+886-2-2796-3638
傳真：+886-2-2796-1377
服務信箱：service@showwe.com.tw
http://www.showwe.com.tw

郵政劃撥／19563868
戶名：秀威資訊科技股份有限公司
展售門市／國家書店【松江門市】
104 台北市中山區松江路209號1樓
電話：+886-2-2518-0207
傳真：+886-2-2518-0778

網路訂購／秀威網路書店：https://store.showwe.tw
國家網路書店：https://www.govbooks.com.tw
法律顧問／毛國樑　律師

總經銷／聯寶國際文化事業有限公司
221新北市汐止區康寧街169巷27號8樓
電話：+886-2-2695-4083
傳真：+886-2-2695-4087

出版日期／2023年6月　BOD一版　**定價**／280元
ISBN／978-626-97190-2-0

讀者回函卡

秀威少年
SHOWWE YOUNG

國家圖書館出版品預行編目

玉蘭花王國 : 閱讀體驗大冒險 / 廖文毅著 ; 雪
夜松露繪. -- 一版. -- 臺北市 : 秀威少年,
2023.06
面 ;　公分. -- (少年文學 ; 62)
BOD版
ISBN 978-626-97190-2-0(平裝)

863.596　　112005633